ESPEJOS EN UN CAFÉ

Olivia Maciel Edelman

ARS
COMMUNIS
EDITORIAL

ISBN 978-1-7350292-3-8

Copyright © 2022 Olivia Maciel Edelman
Copyright © 2022 Ars Communis Editorial

Library of Congress Control Number: 2022935061

www.arscommun.com

Diseño de portada e interior: Gustavo Lombardo
Crédito de fotografía de portada: www.shutterstock.com

ARS
COMMUNIS
EDITORIAL

ÍNDICE

Speculum

Sharon Zimmer era regordeta, de estatura baja, pelo corto y ojos vivaces. Fundadora de un grupo feminista de Boston, buscaba hacer conciencia. Creía que algunas mujeres eran aún ignorantes de los revolucionarios cambios de los 60's. Ahora ellas eran *dueñas de sus cuerpos*. Una mujer podía decidir el destino de su feto una vez se hubiera embarazado.

Cuando la joven Regina, recién llegada de la Ciudad de México, organizó una fiesta para los amigos de su marido, no se imaginó el efecto que su arribo a los círculos intelectuales de Boston tendría. Para empezar, los invitados llegaban y sin pedir permiso, se encaminaban hacia la cocina donde se dispensaban lo que deseaban. Abrían el refrigerador, sacaban cervezas, se servían del garrafón de vino *Almaden* por ser del más barato, y se hacían botanas de queso, o comían las tostadas puestas sobre una gran charola en el centro de la mesa. El departamento de dos habitaciones ocupaba uno de los tres pisos de un edificio victoriano frente a Tufts University. Amplios prados rodeaban al colegio privado para niños bien, por lo que las vistas desde el apartamento eran por demás agradables. La arquitectura de madera y ladrillo de Nueva Inglaterra prevalecía en Somerville, Medford y otros barrios. Las casonas de alcurnia se hallaban en las calles aledañas a Beacon Hill, Harvard, MIT y el río Charles.

Sharon, se reía aparentemente de todo; pero no por ser una boba ingenua sino porque la mayoría de las conversaciones giraban alrededor de que si Nixon renunciaría, de que si habrían más hallazgos escandalosos en el edificio de Watergate, o con respecto a la fallida incursión de los Estados Unidos en Vietnam. Era una risa escéptica. Había un iluso estudiante de doctorado en Ciencias Políticas de Harvard que escribía un libro sobre *La nueva Revolución*. En el sofá se hallaba sentada una pareja de *hippies* que se había *exiliado* a la vida natural del campo en Vermont; claro que ayudados con un enganche aportado por sus acaudalados padres neoyorquinos. Sharon, que era una feminista y lesbiana originaria de Nueva York, intentaba hacer migas con Regina. La joven mexicana se había casado con uno de los mejores amigos de Sharon y ésta no deseaba perderlo ahora que las obligaciones domésticas seguramente lo consumirían. Mark, líder de las protestas contra la guerra de Vietnam, se había graduado del Massachusetts Institute of Technology en Ingeniería Eléctrica y Filosofía; era además un poeta de renombre que se jactaba de ser revolucionario. Así que Sharon, esa joven judía de Brooklyn, se le insinuaba a Regina haciéndole preguntas. Con sus mejores modales la mexicana respondía que había asistido a un colegio privado de monjas, con las religiosas del Verbo Encarnado, que su madre, de parecer anticlerical, nunca había comulgado, que su meta era estudiar Biología.

Sharon, que tal vez supuso que Regina venía de una familia pobre, se había dado a la tarea de reunir un montón de ropa usada para donársela a su nueva amiga. Regina le había agradecido el gesto, sin confesarle en ningún momento lo ofensivo que le resultaba, especialmente por no conocer aún las costumbres de su país adoptivo. No solo eso, Sharon la había instado a que la acompañara a la recámara pues deseaba confiarle algo en privado. Cuando por fin se hallaron a solas, Sharon sacó de su bolso un instrumento metálico que parecía un espejo. Explicó que se llamaba *speculum*, palabra que más tarde Regina investigaría que significa espejo en latín, y sirve para examinar los órganos genitales femeninos. Sharon le preguntó si alguna vez se había examinado sus órganos femeninos, a lo que Regina contestó sabia o prudentemente que nunca lo había hecho, así que Sharon procedió a darle una demostración sobre cómo hacerlo. Se bajó los pantalones de mezclilla negros y las pantaletas de *nylon* que llevaba, dejando al descubierto unos muslos muy blancos. Luego procedió a examinar su labia, introduciendo sus dedos hacia el interior de la vagina mientras hacía referencia a ilustraciones médicas en un manual titulado *Our Bodies Ourselves*. Regina observó con paciencia y asombro todo cuanto Sharon le explicó, pero cuando llegó la ocasión de que Regina demostrara en su propio cuerpo las manipulaciones que Sharon acababa de demostrar, declinó, insistiendo que tenía que atender a los invitados, que un flan en la cocina estaba a punto de salir del horno. Le agradeció a Sharon todo cuanto había hecho y hasta le agradaron su desfachatez, y su franqueza. Ya habrían dicho las monjas lo que quisieran.

Por la noche, acostada junto a su marido, Regina le mencionó lo sorprendida que se había sentido ante el obsequio de la ropa usada. Él le explicó que entre los jóvenes de su generación era dado el vivir en comunas. Sharon era miembro en una de ellas, compartir los bienes era práctica frecuente. Disfrutando el olor de la brisa marina que soplaba por el tamiz de la ventana, Regina por fin cerró los ojos y se rindió al sueño.

Travesuras y antojos

Tendríamos mi hermano y yo entre siete u ocho años de edad. Subiendo o bajando el cordón de una ventana a otra, era posible mandar nieve de limón envuelta en las hojas de un cuaderno. Cuando era el turno de los vecinos, a ellos les tocaba envolver cualquier delicia; un dulce, pepitas, tacos, en un cucurucho de papel amarrado con hilo de coser. Para ellos era más fácil. Viviendo en el piso superior, solo les correspondía deslizar el cordón hacia abajo. Mandar algún antojo desde el piso inferior era más difícil pues alguno de los vecinos debía de acomodarse en la ventana a la hora acordada, y cachar el paquete cuando fuera lanzado hacia arriba.

De los recuerdos que más gozamos está el de las visitas que mi hermano y yo les hacíamos a los libreros de segunda mano en la calle del Carmen, o a los que tenían puestos bajo los portales del mercado Abelardo L. Rodríguez. Después de llegar del colegio buscábamos entre las revistas viejas que mamá guardaba en el clóset bajo llave, para seleccionar algunas que pudiéramos vender. Luego hacíamos nuestro recorrido; vendiendo aquí comprando allá, volviendo a revender, hasta sacar una suma módica que nos permitiera ir al mercado a comprar toda la fruta que quisiéramos. En lugar de comer lo que mamá nos había dejado listo para recalentar, disfrutábamos comiendo piña, sandía, mamey, guayaba.

Nuestra niñez fue quizá árida en sus momentos, pero en otros reluce con una luz casi sobrenatural. Los domingos, día en que las familias se reúnen para salir de día de campo, nosotros también aprovechábamos. Mi madre compraba naranjas en el mercado a solo una cuadra de donde vivíamos, y con esa bolsa de naranjas tomábamos el camión que nos llevaba rumbo a Chapultepec, a Fuente de Petróleos. Solo comíamos las naranjas que llevábamos, y qué delicia era ese jugo cuando nuestra sed ya no podía más y habíamos correteado por horas. Regresábamos al departamento con olor a pasto en nuestra ropa, a veces con las rodillas sucias y raspadas, en las manos y la boca el agridulce sabor a jugo de naranja.

En Fuente de Petróleos, en medio de todo ese verdor de los prados nosotros éramos casi siempre los únicos. Mi hermano y yo rodábamos por la pendiente mareándonos de verde y azul. Durante uno de esos paseos un día me quedé mirando fijamente las hojas de los tiernos álamos; me di cuenta de que las hojas pendían, casi girando sobre sí, que la forma de las hojas era diferente a las de otros árboles, y descubrí una agradable intimidad en esos silencios alejados del mundano ruido semanal; apartados de otras familias que, con la algarabía de grupos grandes, llevaban itacates más elaborados y redes y pelotas de voleibol. Me di cuenta por primera vez del gozo que acompaña a ciertos momentos de soledad. Me perdía en el soleado azul del cielo y su silencio acompañado solo por el leve temblor de las hojas de los álamos.

Mamá a veces nos dejaba dinero sobre la mesa del comedor en lugar de algún guiso cuando se iba a trabajar. Para variar de comprar fruta con ese dinero y lo extra que ganábamos revendiendo revistas viejas, de vez en cuando nos dábamos gusto yendo a comer unas ricas tortas de pavo o milanesa al *Café Do Brasil*. Este establecimiento siempre repleto de burócratas a la hora de la comida, se encontraba en la calle Argentina, justo antes de desembocar en el Zócalo. Ahí olía siempre a café tostado y preparaban las tortas con teleras recién salidas del horno. Los parroquianos se sentaban en bancos altos junto a la barra y comían aprisa antes de volver a sus oficinas.

Esto de sacar un dinerito extra también lo ejercía con dos o tres compañeras a la salida del colegio. Vestidas de uniforme azul marino, cuello blanco y moño rojo, portando nuestras guitarras, nos subíamos a los camiones que iban por la avenida Insurgentes rumbo a Universidad y cantábamos. Nuestro repertorio era limitado, pero siempre podíamos entonar: *Tristeza, El Ideal, Corazón Gitano* o *Reloj*.

En nuestra cocina había una estufa y una mesita blanca con su cajón siempre lleno de lápices, ligas, corcholatas y mugre pegajosa (lo que siempre se llega a encontrar en un cajón de la cocina). En una ocasión tuvimos un refrigerador que casi siempre estaba vacío, pero en el que algunas veces refrigerábamos una botella de leche. En otras ocasiones hacíamos paletas de limón en la bandeja para los cubos de hielo que luego compartíamos con los vecinos del departamento diez. Entre nuestros trastes los principales eran un sartén chueco sin mango en el que mamá guisaba casi todo, porque también tenía una olla a presión, y no podía faltar el molcajete. En el molcajete se martajaban los jitomates, los chiles serranos y un diente de ajo. Claro que los tomates y los chiles se debían asar antes en un comal sobre la estufa. Mamá hacía un caldo de pollo al que le agregaba las patitas del ave. Por supuesto que antes las tostaba sobre la lumbre de la hornilla para pelarlas y limpiarlas muy bien. Decía que la gelatina del pollo era muy saludable para nuestro desarrollo.

De hornear nada. Mamá nunca supo utilizar el horno. Le costaba trabajo todo lo que tuviera que ver con manijas, botones, instrucciones o aditamentos en los electrodomésticos... No le era posible escoger la temperatura adecuada para lo que había de cocinar; además, le causaba temor el encendido del horno. Durante el único cumpleaños que celebramos, el octavo, horneó unas costillas de res que sazonó con adobo. Vinieron a la casa sus compañeros de la preparatoria, pues ya por aquellos años mamá se había separado de papá, y combinaba el trabajo de maestra con la preparación de los requisitos para entrar a odontología.

Eso sí, ella cocinaba todo lo que se comía en casa. Ni siquiera era adepta a aceptar dádivas de comidas de los vecinos. Especialmente de la vecina del departamento 2, que una vez dejó un guiso frente a nuestra puerta (un tipo de caldo) que no pudimos tocar porque se decía en el edificio que esa señora hacía brujerías, y tenía toda suerte de brebajes y amuletos en su departamento. Eso nosotros no lo llegamos a observar de primera, solo sé que mamá se deshizo del guisado y, respetuosamente, devolvió el recipiente a esa señora a quien apodaban la Bruja.

Una vez mamá guisó bistecs de corazón de res en salsa de chile ancho. Aún siento escalofrío al recordar cómo aquella vez no dormí en toda la noche pues me hallaba muy sobresaltada. Cada vez que me volteaba de lado izquierdo, parecían pesar sobre mí los latidos de otro corazón que no era el mío. Eran los de aquel corazón que había cenado. Su presencia se había apoderado de mi ser, me habían hecho presa del pánico. Así, yací inerme bañada en sudor hasta que amaneció. Era como si la línea divisoria entre mi ser y ese otro se hubiera desvanecido. El horroroso *tinnitus* de aquella noche resalta como uno de los más impactantes momentos de mi infancia. Por eso nunca volví a probar corazón.

Una mano de uñas recién esmaltadas estruja una hoja de papel

*La escena**

Natalia lleva puesto un sombrero negro que apenas la resguarda del frío esta lluviosa mañana de octubre. Ha pasado al *McDonald's*, esquina de Sheridan y Foster, a tomar un café antes de ir al trabajo. Se sienta junto al gran ventanal lloroso de lluvia. Observa cómo una madre avejentada le pregunta a su hijo, un hombre mayor de apariencia parca y deteriorada: *«Do you want more french fries?»*. El hijo abre la boca hasta donde puede y responde, *«ah, ah, ah, ah»*. Un hombre con desgastados tenis sucios devora un *Big Mac*, su mirada perdida en la distancia. De nuevo le dice la madre de pelo canoso al hijo de apariencia cansada: *«Look, I've... You're gonna get it, you're acting bad! You've got ketchup all over your face!»*. Luego, una de las empleadas del establecimiento, una joven mexicana le pregunta a una compatriota: *«¿Rosa ya se fue?»*

Agregando a la escena**

Por el ventanal junto al que se ha sentado Natalia se aprecian la garita de donde parte el camión de la ruta 151 y el edificio de enfrente. Ahí la mayoría de los inquilinos es de origen pakistaní. Desde ese asiento se ve cómo sopla el viento entre las ramas de los árboles, sacudiéndolas cual limpia chamánica. Natalia lleva puesto el sombrero de terciopelo negro con tres rosas de satín; una púrpura, una verde oliva y otra amarilla. Se lo pone en ocasiones en las que necesita darse valor para enfrentar el nuevo día. Una amiga suya, amante de la poesía de Lugones y Verlaine, se lo regaló. Su mirada trasciende los anchos vidrios decorados con recortes en cartón de calabazas de Halloween. Observa a un hombre que viste a la usanza de los musulmanes pakistaníes cruzar la calle.

La mujer canosa sentada junto a Natalia eleva la voz y con enojo le dice a su hijo, que come muy lentamente: «*I've, I'm gonna give you an Uncle Sam, you just don't get it! That's why your lips stay chapped all the time, cause you're always licking them!*»

Ahora llueve más fuerte, ocasionando que los conductores reduzcan la velocidad con que manejan. El viento sacude los cables eléctricos, agita aún más fuerte las ramas de los árboles.

Natalia recorre mentalmente su pasado. Quisiera sacar de su bolso la pequeña libreta para hacer alguna anotación, pero prefiere confiar en su memoria. Seguramente antes de comenzar su rutina diaria en la oficina podrá bosquejar algunas ideas que luego plasmará con más deliberación.

Recuerda cómo fueron sus tres maridos. Al primero lo amó sin saberlo. Tenía apenas 17 años cuando lo conoció en un café en Taxco, México. Ella no sabía nada sobre la etiqueta en el lecho matrimonial, el tacto de las manos sobre el vientre. Él le regalaba ramos de flores en su cumpleaños. Era muy trabajador, un buen proveedor. Tenía ojos verdes, un modo intenso al hablar sobre revolución o poesía. «¡*Ho, Ho, Ho, Ho, Chi, Minh!*» había exclamado en las manifestaciones contra la guerra de Vietnam frente al Massachusetts Institute of Technology en el Boston de los 60's. Había sido un idealista que, enfrentando el reto de sostener una familia, se había empleado en la industria metalúrgica, nutriendo el artesanado de su poesía en secreto.

En otra mesa del *McDonald's* un hombre afroamericano sentado junto a la barra de la ventana murmura para sí mismo: «*Oh, fuck them in the ass!*». Ríe para sí, hablando consigo mismo sobre bromas que solo él conoce. Natalia conjetura si será un esquizofrénico que ha olvidado tomar sus medicamentos. Se compadece de que tantos desamparados en las calles norteamericanas sean enfermos mentales abandonados a su suerte.

El segundo marido de Natalia, cuyos ancestros habían emigrado a los Estados Unidos de Rusia y Lituania, se había casado con ella en una boda judía ortodoxa. Fue más o menos por ese entonces que recibió su *Get*, el documento que la liberaba de su primer matrimonio. Durante esa época se enteró que su primer marido había sido un Cohen, que dicho de otro modo pertenecía a la clase sacerdotal según la religión judía. En su segunda boda, más apegada a la tradición ortodoxa que la primera, habían oficiado dos rabinos en una pequeña sinagoga. Después de la ceremonia los invitados habían degustado pastel de chocolate y brindado. Ella consiguió que se ofrecieran entremeses *kosher* al estilo mexicano y salsa algo picante. El hombre la trataba con delicadeza. Pero cuando se acercó el momento culminante de la noche de bodas, él se extendió cuan largo era junto a ella, acariciándola, pero hasta ahí. El tercer día de su viaje de luna de miel él reconoció que tenía dificultades. Durante el silencioso viaje de regreso de Puerto Vallarta ella recordó una cita de Spinoza: *Las pasiones no son actos de la mente (voluntas), sino ideas únicas en sí mismas.*

En el asiento de al lado, mientras Natalia cavila y hurga en sus recuerdos, el hombre afroamericano que antes hablaba consigo mismo, ha reconocido a un amigo. Cuando este se sienta junto a él, los dos comienzan a charlar animadamente. El cambio es dramático, el hombre ha pasado, de reflejar una profunda disociación síquica, a relacionarse de una manera *normal.* Las apariencias engañan piensa Natalia, recordando *La vida es sueño* de Calderón de la Barca.

Lo grisáceo del día se acentúa. Intentado escapar de la lluvia los transeúntes se apresuran, esforzándose en detener algún taxi. Una camioneta blanca con un letrero que dice *Full Gospel Church*, junto con su traducción al coreano, pasa rápidamente frente al establecimiento y desaparece entre la bruma de la tarde. Afuera del *McDonald's* un letrero anuncia un *Double Cheese Burger .99 cents. Always.*

Natalia se pregunta si podría ser que su *cupiditas* o su *apettos* hubieran disminuido al entrar a esta nueva etapa de su vida; en la que frente al espejo suele escrutar su cabello para ver si descubrirá más canas. ¿Habría sido el notar los cambios en el cuerpo de su marido, la causa de su retraimiento hacia un receso más profundo?

Dos hombres hablan en español mientras beben café y comen papas fritas. «Los indios de Cleveland ganaron ayer», dice uno. «¿A qué hora entras al garaje?», sin mucho interés le responde el otro. «A las cinco». «Aquí las papas están muy buenas», contesta su compañero.

Entre el primero y el segundo marido, Natalia había sostenido una aventura con un joven de dudoso estado mental; se había *casado* con ese pretendiente mientras bebían atole en el famoso mercado de Zacatecas. *El laberinto*, como lo llaman los locales, es conocido por sus sabrosas fresas. Los puestos se hallan repletos de las más diversas frutas y legumbres y el mercadeo comienza desde muy temprano. Un sol relumbrante hace que la ciudad de Zacatecas resplandezca matizada de un color amarillo canario como si fuera de oro con la primera luz del día. Él la había llamado su *matzah* quebrada, aludiendo al pan ácimo del que se rompe un trozo para comer durante el festival de la pascua judía. La había nombrado su *Virgen de los Dolores*, apuntando a la famosa imagen que muestra múltiples dagas clavadas en el corazón. Le confirió este nombre sabiendo que ella era descendiente de judíos sefardíes como los había entre sus antepasados mexicanos, españoles, italianos y portugueses, y de que también tenía parientes católicos. Él la acarició con pausa, logrando que floreciera su ser en pétalos de fuego, consiguiendo que moviéndose al unísono respiraran el suave viento matinal aquel domingo. El dolor no era más que un placer adicional. Entre todas estas divagaciones Natalia recuerda aquella pieza musical que canta Cesaria Evora, la diva de las Islas Verdes, aquella que menciona *los destinos dispares*.

*La escena antes de partir****

Los dos hispanos en el *McDonald's* observan que un árbol caído obstaculiza el tráfico sobre la calle Diversey. Dicen que los autobuses no pueden dar vuelta a la derecha, yendo hacia el sur sobre la calle de Sheridan. «Hoy es el día de volvernos más jóvenes, Daylight Saving time», dice uno de ellos. «Hay que retrasar el reloj una hora», responde el otro, esbozando una gran sonrisa agrega: «La verdad es que Dios ayuda», «¡hoy creí haber llegado tarde al trabajo!, ¡pensé que era la 1:30 y mi jefe me dijo que solo eran las 12:30!»

Natalia saborea, casi frío, el último sorbo del café de *Altura* del que se jacta *McDonald's*. Se levanta de la mesa y ágilmente se pone su gabardina, acomoda el asa de su bolsa sobre el hombro y se dirige hacia la puerta. Es hora de volver al trabajo. Sobre el escritorio de su oficina en el Hospital Northwestern la aguarda una larga lista de *pacientes* a los que administrará la mejor terapia cognitiva, la que entre pregunta y respuesta busca dilucidar respuestas *o más preguntas*. Antes de enfrentar sus tareas laborales garabatea unas notas en un pequeño cuaderno. Últimamente mantiene un diario y en sus horas de ocio, tales como los domingos por la tarde, pasa en limpio el borrador. Sin embargo, sentada frente a su escritorio, mirando por la ventana el nublado día de octubre, no recuerda todos los detalles que hubiera deseado mantener en la memoria y ahora se le escapan al intentar plasmarlos. Cuidando no dañarse el rojo esmalte de sus uñas, con un rápido movimiento de la mano arranca la página, la estruja y la arroja al cesto de la basura. Los domingos por la tarde reescribe con energía sobre los renglones de una libreta estilo italiano de tapas negras ya descarapeladas. *Perfección versus imperfección, huecos y bagaje* piensa Natalia. Habrá que reconstruir página por página.

Amelia. Billetes de lotería

Amelia Lagunes era del pueblo de Camarón, según los letreros de la vía del tren que iba de la ciudad de México hasta el Puerto de Veracruz, también conocido como Villa Tejeda. Tenía ojos muy negros de pestañas rizadas. Era delgadísima. Todo a su alrededor auguraba una oscuridad misteriosa. No solo por su piel morena y sus ojos de mirar profundo, sino también por esa gran olla suya de aluminio siempre hirviendo con frijoles negros sobre la estufa, que como un cacharro que hubiera existido dando tumbos eternamente, se hallaba completamente abollado y chueco. Las piernas de Amelia, delgadísimas como las de una cholina tenían un color carnoso rojizo que se confundía con sus medias de compresión para las várices. Pero, aunque fuera del pueblo se las había arreglado muy bien en la Ciudad de México para arrendar un cuartucho en la azotea de un edificio de departamentos en la Avenida Insurgentes Sur, muy cerca del *Sears* y del *Woolworth's*. Era muy buena el área para la venta de billetes de lotería. Recién llegada a México con un bodoquito y su marido Belisario, que era un lángaro alcohólico, había hecho migas con una señora en la estación de Autobuses de Oriente, la de Buenavista, para que le ayudara con unos billetes de lotería. Así, con su chamaco envuelto en un rebozo Amelia se puso a vender billetes de la suerte, y gritaba desde las esquinas con más transeúntes: «¡Pásele, pásele, compadrito! No deje que se le escape la suerte, compre hoy, ¡hoy es la buena!» Así, después de tantos años de ir y venir a lo largo de las calles de la ciudad, con el bolsillo de su mandil rojo a cuadros repleto de billetes y cambio, se le habían formado callosidades en los pies y se le habían saltado las venas. Pero ella no daba su brazo a torcer, le hacía la lucha porque si no, se la llevaba *la fregada*, según ella.

A su casa llegaban todos los del pueblo, desde los que se venían para buscar trabajo en la capital, hasta los que se venían porque andaban de farra, como aquellos músicos ambulantes Tacho y el Cerillo que un día se hicieron de una *ayudadita*, tomaron el Nocturno, el tren de Veracruz que salía hacia la capital todos los días y se lanzaron a la gran ciudad a probar suerte. Tanto a mí, como a otros del pueblo, Amelia nos había echado una mano, compartiéndonos algunos billetes para vender y de ahí sacar algo, aunque fuera nomás para comer tacos ese día.

No era correcto que después de que les hubiera ofrecido Amelia un catre y un plato de frijoles negros con chile de árbol a Tacho y al Cerillo, estos le quedaran mal; de algún modo había que agradecer y ese era echándose unos boleros, así que una noche se cantaron varias veces la misma pieza, repitiendo una y otra vez: «¡Quiero pedirle a la vida, cinco centavitos de felicidad!». Luego de tocar la guitarra toda la noche por fin cayeron rendidos y durmieron hasta mediodía del día siguiente. Además, en deferencia a su anfitriona, antes de irse a casa de otros paisas, a menudo le dejaban un pollo ya crecidito que ella amarraba de la pata de la mesa para que engordara y cuando ya estuviera en su punto lo guisara en pipián a la veracruzana. Amelia sabía inyectar y de ahí también sacaba para sobrevivir, pues su marido aparte de inútil, se había conseguido a una güera de la cuadra con quien se iba al hipódromo a perder el dinero en apuestas.

Amelia cobraba por la inyectada la mitad de lo que cobraría una enfermera titulada. Ella tenía sus jeringas con unas agujotas así de largas que parecían alfileres de diez centímetros y a las cuales uno escuchaba tintinear en su estuche metálico mientras hervían sobre la hornilla de la estufa. Solo quedaba abrazarse fuerte a una almohada que despedía un tufo rancio y cerrar los ojos hasta sentir el repentino piquete que hacía lanzar un ¡ay! jacarandoso y ebrio de sorpresa. Ahí se arrepentía uno de todos los pecados habidos y por haber. Al parecer había aprendido esto con su madre Doña Lupe que era la partera de muchos ranchos alrededor de Camarón. Montada iba Doña Lupe en burro o a caballo y siempre a su lado la delgadísima Amelia con un paraguas en caso de sol o lluvia repentina. Además de sus raras habilidades en ser una de las mejores vendedoras de billetes de lotería de la ciudad y en inyectar, Amelia sabía echar las cartas, leer la mano y adivinar el futuro en el trazo de la borra en una taza de café turco. Muchos decían que todo lo que Amelia les había pronosticado se les había cumplido.

Un día, cuando pasé por Camarón, un sobrino me platicó que Amelia había fallecido. Dijo que su hijo, aquel *chilpayate* con el que la joven se había ido a la Ciudad de México, había vuelto ya todo un adulto al pueblo, a tramitar unos papeles en el ayuntamiento para el certificado de defunción de su madre. Le platicó a mi sobrino que a su mamá le habían comenzado a salir moretones por todo el cuerpo muy de repente y se había vuelto casi un esqueleto. Todo lo que ella me pronosticó en las cartas se me había cumplido: lo del rubio, lo del rico, lo de la luna. No solo eso, un día en que mi madre me dio una tunda y acabé con moretones por todo el cuerpo, se habían consolado mis sollozos, que no cesaban, aunque ya se me hubieran secado las lágrimas, con ese humeante plato de frijoles negros sazonados con chile de árbol. Si no hubiera sido por ese plato de frijoles no sé qué hubiera sido de mí. Descubría yo, aquella noche bajo el techo de aluminio en aquella azotea, sopeando el caldo de frijol negro, que había un Dios en este mundo. Hoy me pregunto: *«¿Habría leído Amelia su propia suerte alguna vez? ¿Qué le habrían dicho las cartas?»*

Contorsiones

Gabriela venía ataviada de negro, como la modelo de una de esas pinturas de Balthus. Una de aquellas pinturas en que a leguas se nota que el pintor no le presta atención alguna al ser humano que posa ante él.

Caminaban las tres (Lidia, Gabriela la seudo-modelo y Regina) por el aeropuerto de O'Hare, conversando de un modo cómplice y fluido. Con suficiente distancia en su mutuo trato, permanecían conscientes de su rara forma de aprehender la realidad, de expresarse respecto a ella, y quizá hasta de construirla.

Lidia casi no decía nada. Vestía un traje sastre de lana gris que la hacía parecer un tierno a la vez que grande ratón gelatinoso. Gabriela llevaba un atuendo de dos piezas; saco y falda color beige (diseño de Manuel Pertegaz) con botines de piel a juego. Regina vestía de negro, compaginando su seriedad en el vestir con el de sus colegas académicas.

Gabriela lucía una boquita delicada tan manchada de *rouge*, que atraía las miradas de otros viajeros, ya la vieran de perfil o de frente. Sus ojos se ensancharon cuando oyó el tan frecuentemente usado vocablo argentino *che* con que se dirigió a ella Regina. Esta se dio cuenta, por la expresión de desagrado en el rostro de Gabriela, que no era buena idea dirigirse a nadie, mientras ella se hallara presente, con el tan coloquial *che*. Era verdad que, a Gabriela, pues así lo había comentado ella, ciertas palabras le importaban un comino, de plano detestaba escucharlas, pues ese solo hecho era capaz de malhumorarla. Así que muy a propósito Regina encontró la manera de guiar la conversación, como si eso fuera parte de un ritual, hacia la necesidad de enunciar las palabras *Coatzacoalcos* y *Malintzin*, a lo que haciendo un mohín de niña popis consentida, Gabriela respondió que ese tipo de palabras ella nunca las podría pronunciar.

Lo que sucedía entre ellas, era que podían comunicarse más allá de los predecibles intercambios lingüísticos entre amigas profesoras. Por eso, Gabriela les platicó a sus dos compañeras, que la noche anterior había querido despedirse de un antiguo amante con el que hacía tiempo no hablaba, pero que mientras lo hacía, con el televisor prendido, se dio cuenta de que al otro lado de la línea no fluía la conversación; él se había tensado como cuando le hacía el amor esas sofocantes noches de verano en las que se dejan abiertas las ventanas de los apartamentos. Se había quedado inerme al otro lado del teléfono mientras ella miraba el *Cirque Du Soleil* de reojo. ¡Qué admirables eran esos contorsionistas que solo arqueando la espalda eran capaces de caminar con pies y manos! Un caminar alrevesado. Solo ella era consciente de estas cosas, solo ella era capaz de observar la ironía de esos momentos.

En reacción a esto, Regina les platicó a sus dos acompañantes lo de la *receta de cocina*. Últimamente, su ex-marido le pedía insistentemente que le devolviera el *recetario familiar* que había sido de su madre, y por fin lo había hecho. Su título era: *La ruta hacia el corazón masculino*. Se lo entregó no sin antes anotar en la página interior dos recetas: la del agua de Jamaica y la de dulce de membrillo, que seguramente ofrecerían estimulante contraste a las judeo-askenazi europeas del libro. Esto había coincidido con la lectura en la clase de literatura que Regina tomaba, de *Receta de Cocina* por la pionera escritora Rosario Castellanos. Una forma innovadora de comparar la vida amorosa de una pareja con la cocción de un trozo de carne de res.

Lidia, que ahora comenzaba a interesarse en la conversación y podría agregar alguna ironía, se veía reflejada en Gabriela; hasta el punto de pensarla algunas veces como un *alma gemela*. Gabriela siguió contando la anécdota de los contorsionistas y su ex-amante. Que él ahora estaba casado con una egiptóloga que no se daba cuenta de las aristas. Y Lidia, como único comentario, agregó en tono quejumbroso que el hombre de la taquilla del aeropuerto era muy extraño, y que Gabriela se había vaciado encima la botella de perfume y le picaba el olfato el fuerte aroma a jazmín.

Regina, como si fuera un piropo, le dijo a Gabriela, cuando se dio cuenta de que a esta, tal vez por el calor, le comenzaba a sangrar la nariz, que esa gotita de sangre representaba un tipo de sutileza. Sí, había expresado con entusiasmo: «Un sufrimiento en pequeño apenas cabe en una mancha redonda, cual luna de sangre en el blanco encaje del pañuelo». Esto reflejaba, ¡una intensidad lorquiana en medio del aeropuerto de O'Hare! ¿Cabría más misterio?

Les recordó Regina lo que había dicho Huidobro; que un poema nunca ha sido, no es, ni nunca será. Les platicó asimismo sobre lo que le había dicho a su exesposo, no consideraría ninguna reconciliación con él, a menos que la acompañara a hablar con los desempleados y los *homeless*. Porque con los *homeless* como con los locos y los borrachos, generalmente algo se aprende, algo se logra en claro. Como aquel día veraniego en el que Regina y Juan Carlos fueron de compras, y ella le pidió a un tipo sucio y desarropado que le regalara un cigarro, y resultó que este hombre sin casa hablaba el japonés y se encontraba tan contento escuchando el juego de béisbol entre los Cachorros y los Cardenales como si fuera el hombre más feliz de la tierra. Había quedado claro que los sin casa, como tanto se les nombra sin pena ni beneficio, son tan capaces como cualquier persona, de pasárselo bien. Hablar de la *felicidad*, eran ya palabras mayores.

Es lindo viajar de noche, les había dicho Regina, sabiendo que sería un viaje largo pues irían primero a Miami antes de abordar otro vuelo hacia Buenos Aires. Luego les comentó algo sobre la celebración del Año Nuevo en México; siempre había una fruta diferente que saborear en la casa de su padre. La cocina estaba en movimiento constante; las mujeres yendo y viniendo, sartenes y cucharones tintineando. Lidia y Gabriela mencionaron que en la Patagonia acostumbran asar cordero junto al mar.

Regina les dijo a Lidia y a Gabriela que se sentía conmovida porque sus conversaciones resonaban en varios planos, en varias habitaciones, que sus aristas iban a ser suyas. ¡Y qué tragicómico fue aquello luego de que las tres recargadas sobre la pared bebieran un capuchino y escucharan el tono sorprendido en la voz de Gabriela, cuando dijo que su psicólogo había muerto accidentado hacía dos semanas, y que lo que se le hacía increíble no era eso, sino que aquel hombre que la conocía mejor que nadie, se hubiera desaparecido con todos esos recuerdos suyos! Después les confió que cuando se atrevió a hablarle a la esposa del terapista, asegurándole que solo lo haría esa vez, esta le contó detalles de su vida en común con el psicólogo, recuerdos alegres de cuando ella y su difunto marido se conocieron en Francia, porque ella era parisiense. Así que uno se podría imaginar a las dos mujeres conversando, destilando un halo cosmopolita a la vez que irónicamente humorístico; la esposa del terapista con su acento francés y Gabriela con el suyo porteño.

No había que descomponerlo todo. Ante los temores de una nueva era, se daban ánimo a contracorriente. Listas para comenzar el año dos mil, el siglo entrante aguardaba repleto de sorpresas y promesas. *A la palabra había que quebrarla como a una nuez.*

Diciembre 13, 1999.

Año nuevo

31 de diciembre

El año muere. Son las 5:00 de la tarde. El cielo un azul marino. Mi ex-marido se llevó los niños a pasar unos días de vacaciones a Florida. Qué sentimiento más raro es el quedarse en la gran ciudad durante esta época del año sin ningún familiar. Se escucha una sirena a lo lejos. Se desplaza muy aprisa por Belmont, perpendicular a Lake Shore Drive, muy junto a la orilla del Lago Michigan.

Hoy en la mañana al salir del elevador me encontré a mi vecina, la Sra. Eva Wittenberg. Está a punto de celebrar sus cien años de edad. Otra vecina que viaja mucho debido a su profesión se acercó a saludarnos. La Sra. Wittenberg le comentó que se había sorprendido el otro día cuando me vio colocando una *mezuza* en el marco de mi puerta. Luego le preguntó a Lynn la gran viajera, si vivía más cerca o más lejos del cielo y sin darle tiempo a responder le expresó calmadamente su opinión: «A mí no me gusta cómo vive ahora la gente joven». La Sra. Wittenberg es delgada, bajita y deambula auxiliada por muletas. Lleva una sonrisa pintada sobre la cara. Cuando le alabo su optimismo me contesta: «Se llora a solas». Como si le hubiéramos preguntado que almorzará, dijo que hoy se guisó tallarines con queso ricota y mantequilla y añadió: «Algunas veces almuerzo algo sencillo; una ensalada de atún».

Lynn, alta y rubia, escucha a la Sra. Wittenberg respetuosamente. Se nota conmovida. Intercambiamos miradas cómplices dando a entender que es importante escucharla, quizá podamos absorber algo de su sabiduría.

Las puertas del elevador se han abierto y cerrado varias veces en este edificio del barrio de Lake View. Impasible, la Sra. Wittenberg levanta la vista hacia los números sobre el dintel del elevador que se encienden o apagan según sube o baja. Como si nada, retoma el hilo de la plática: «¿Me creerían si les digo que tengo hijos, nietos y bisnietos? Cuando me mudé a este edificio, mi esposo ya había fallecido. Mis amigas y yo solíamos salir a cenar seguido, pero cuando fueron envejeciendo sus familias las internaron en asilos de ancianos. Yo hasta ahora he sido capaz de cuidarme; me baño, me visto, hago mi cama, me hago de comer. A las siete de la mañana ya estoy vestida».

De repente se escucha la voz de una joven mujer negra, alta. Carga la valija del correo. «Sra. Wittenberg», dice, y alarga el brazo entregándole dos sobres. «Mi hijo es vicepresidente de Northwestern Trust, bueno uno de 15», exclama orgullosa y con mirada pícara la Sra. Wittenberg, mientras acaricia con sus translúcidos dedos uno de los sobres.

De nuevo levanta la mirada hacia el dintel superior del elevador donde los números se encienden y apagan y dice en *yiddish*: «El mundo gira».

1º. de enero

6:40 a.m. Una delgada capa de nieve cubre las hojas de los árboles. Desde la ventana del quinto piso se aprecian blancos los toldos de los automóviles. Aún no amanece.

Mentir para reconocer ciertas verdades.

Ojalá que el año entrante sea propicio. Dejar de buscar. Hay que permitirle irse a lo que se quiera ir. Buscar y encontrar en uno mismo, en la naturaleza. Al fallar se sacrifica y de ahí mismo surgen la penitencia y la redención.

La cena de fin de año estuvo dispuesta de manera visualmente atractiva: los platillos alumbrados por velitas blancas dispuestas sobre los dinteles de las ventanas. El menú consistió en hojas de parra rellenas, queso manchego, aceitunas calamata, *papatzul* (salsa de pepita de calabaza) y ensalada de espinaca.

Sobre el mantel bordado que compramos juntos en España mi ex-marido y yo durante aquel viaje a España, permanecen silenciosos testigos: una veladora prendida, una copa vacía y una botella ya sin vino de *Lilliano Chianti Classico, Reserva 1978, 15000 bottiglei di cui questa é la numero No. 100100.*

Desde un azul gris despunta el alba. Es el primer día de enero. Nieva en silencio.

Pensamientos furtivos

I

Yo no sabía nada sobre la meditación. Solía beber, ser sociable y estar al tanto de la moda. Pero de un jalón los pocos amigos que tenía se me murieron. Primero fue Terry, quien era un pintor de camiones, de sesenta y cuatro años. Un día que lo llamé su esposa contestó el teléfono y tan sencillo como es el parpadear anunció: «Tuvo un infarto». Terry siempre le sacaba jugo a sus facturas, cobrando más allá de un precio razonable.

Otro amigo, Fred, se había quedado en la oficina y como era fin de semana decidí llamarlo para invitarlo a cenar; cuando la secretaria contestó, en voz histérica me informó: «¡Saltó por la ventana!» Fred era un mujeriego y le había sido infiel a su mujer desde antes de contraer matrimonio.

Carl falleció en un accidente automovilístico dos meses después. A Carl le atraían las chicas menores de edad. Acostumbraba frecuentar los entornos de las escuelas secundarias, donde se pasaba horas observando a las chicas y haciéndoles plática. Solo el año pasado había logrado seducir a una joven llevándosela a una playa en las afueras de la ciudad. Con suerte, la chica se mudó a la costa este para comenzar la universidad.

Y a Joe le sobrevino una embolia fatal. Joe se jactaba de ser un sabelotodo, pero no pasaba de ser un manipulador, de mentir y de manejar a su antojo los documentos de la compañía en la que trabajaba. Así que me pensé: «Yo seré el último». Fue entonces que comencé a frecuentar este templo de *Wat Dhammaram*. Los últimos años había hecho y deshecho, viviendo una vida sin rumbo, dejándome llevar por los ímpetus de mi pene. Así, me había involucrado con una serie de mujeres de quienes me aproveché tanto como pude, no solo apretándoles los pechos y violándolas con el son de que eran mis novias, hermanas de *La Condesa Sangrienta*, sino también haciéndome una pobre víctima del estado de Illinois para que me apoyara económicamente con todo lo que pudiera. Ahora mis amigos se habían ido uno tras otro y me comencé a obsesionar con la intención de superar mis vicios, de distanciarme todo lo que pudiera de mi anterior vida como fotógrafo *maudite* a lo Huysmans.

Ahora medito, no me importa más si voy vestido de acuerdo a la última moda. Puedes ver lo que llevo puesto: pantalones blancos y una chaqueta de mezclilla. He aprendido a ser *consciente del todo*. La práctica del *estar atento* ayuda con los pensamientos furtivos: Cuando pensamos constantemente en el pasado o en el futuro. Nos volvemos conscientes de la *ilusión y del perenne cambio*, así que los pensamientos intencionales, que pueden ser no buenos, o los pensamientos furtivos, pueden cortarse de tajo ahí mismo. Mi nombre es Frank, pero ahora que soy miembro de la comunidad budista mi nombre es Alto Roble. No aguanto las ganas de llegar a casa para practicar *tantra* con mi novia Dalia. Ahora cuando me pide que la viole, lo hago pian-pianito, hasta el final cuando me doy rienda suelta y alcanzo *Nirvana*. Ella grita desgarrada pero luego lloriquea en voz baja y se queda dormida sobre mi hombro como si estuviera en trance. Más que antes se ha vuelto muy dócil y se pasa largas horas en silencio mirando al vacío. Como yo, está alcanzando niveles más altos de iluminación con nuestras prácticas tántricas.

II

Karen, delgada y frágil nació en Tailandia. Hoy 31 de diciembre se hallaba sentada ante la mesa en el comedor de un edificio que había fungido como escuela primaria en el barrio de Bridgeview en Chicago. El doctor Boonshoo Sriburin concluía un servicio de iniciación hacía algunos minutos y había invitado a los participantes a que se quedaran a tomar té. El Dr. Boonshoo vestía una túnica anaranjada y llevaba la cabeza rapada. Cuando hablaba, debido a sus ademanes lentos, asemejaba una bailarina tailandesa, de aquellas que se ponen dedales afilados en cada dedo y que entre cada paso de baile adquieren posturas rígidas por unos cuantos segundos. Oriundo de Tailandia, había recibido su doctorado en Ética Budista de la Universidad de Udar Pradesh en la India. En este instante se disponía a responder a una de las preguntas que uno de sus discípulos acababa de hacerle y declaraba en una voz suave: «Alguien que ha asesinado nunca puede redimirse a sí mismo porque el sufrimiento permanece ahí por siempre». (*Magister Dixit*).

Karen, la *liekhunni* tailandesa ofrecía una bandeja con plátanos y naranjas a otras dos parejas y a Albin, un antiguo alcohólico ahora rehabilitado. Aunque afuera el viento soplara sin misericordia y se encontraran sentados bajo unas blanquecinas luces fosforescentes, la fragancia del incienso y de las flores del pequeño santuario esparciéndose hasta el comedor, hacían del ambiente un entorno hogareño. Karen, como Albin, parecía haberse transformado con las prácticas meditativas y la disciplina diaria, ahora que se había convertido en un tipo de ermitaña budista. Había sido bailarina de *striptease* en un bar para turistas, una de esas danzantes que menean las tetas, logrando que unos pequeños rehiletes pegados al pezón hagan girar los ojos de los espectadores hasta marearlos.

El monje continuaba con sus recomendaciones: «Si nutres un árbol, este crece. Es la ley de la causa y del efecto. Si haces el bien los buenos pensamientos se suceden. Si haces el mal siempre habrá consecuencias. Todos podemos cometer malas acciones debido a nuestro antiguo *karma* o a nuestro *karma* actual. Siendo 'conscientes' intentamos cortar la ilusión, la conducta enferma antes de que suceda. Deseamos discernir la verdad para actuar de manera correcta». Había concluido con un tipo de meditación en la que los individuos andando lentamente por el salón, primero se ponían una mano sobre el pecho a la altura del corazón y luego la otra y después extendían los brazos a lo largo del cuerpo y así alternadamente. «Esto», decía, «ayuda a ser más *conscientes* y a estar más *alerta*».

De repente una rubia de las recién iniciadas le preguntó: «Si dos personas llevan a cabo un acto, pero una de las dos piensa que es positivo y la otra piensa que es negativo, ¿no resulta esto entonces en un *karma* negativo?». Y muy solemnemente el monje sentenció: «La flor de loto, símbolo de la pureza, se nutre de lodo y agua».

El templo de *Chua Quang Mihn*

Lenta, muy lentamente, las siluetas arrastraban los colchones hacia el corredor desde el salón de estudio que también servía de sala de meditación. Eran mayormente mujeres de estatura baja que pasaban de los cuarenta años de edad, que quizá merodeaban ya los cincuenta, o que podrían ser de edad aún más avanzada. Llevaban el cabello canoso recogido en colitas de caballo.

El amarillo de los azulejos del piso hacía juego con el amarillo de la túnica que vestía el *reverendo*. Un pequeño grupo le seguía a él y a otros dos hombres. Una mujer de pronto hizo sonar un gong así que estos tres se detuvieron ante un altar. Tras los fruteros rebosantes de naranjas y floreros orientales sobresalían tres figuras doradas que habrían de alcanzar dos metros de altura. Las dos primeras eran de Buda; una con un halo de neón (¡un vistoso giroscopio en luz fosforescente!) tras la cabeza, con un gran número de bombillas en forma de rayos color verde, azul y amarillo; otra con un sombrero que asemejaba la mitra papal, y la tercera estatua era la de una figura femenina a la que ellos llaman la *Dama de la Compasión Ti Quan Ying*.

El altar, decía el reverendo, era santificado por las ofrendas de los feligreses. Aquí practicaban un tipo de budismo al que le denominan Tierra Pura. El servicio religioso del *arrepentimiento* que duraba dos horas, consistía en cantar el *dharani* y llevar a cabo 100 postraciones.

En la cocina las mujeres se apresuraban, preparando rollos de verdura, triturando cacahuates, tostando semillas de ajonjolí, rallando zanahorias. Dos monjas budistas con cabeza rapada, que vestían túnicas color gris, se sentaban ante una larga mesa comiendo arroz rápidamente con palillos chinos; sus asistentes decían que habían viajado desde otra sede budista en Wisconsin. La de treinta y dos años contó que había iniciado la vida monástica hacía diez años, o sea a los veintidós. Sobre la estufa, una gran olla hervía con sopa de verdura y arroz, despidiendo su aroma a papas, nabos y zanahorias en cocción.

En la sala de meditación el monje *Theravada* se dirigió a los hombres, mujeres y niños que conformaban su audiencia: «¿Saben ustedes distinguir lo correcto de lo incorrecto? Ese discernir está dentro de ustedes, frágil como un nido de huevos de codorniz. La verdad ha de viajar desde el corazón hacia los labios. ¡Hombres y mujeres comprométanse! Si no practican perderán la habilidad. No teman. Piensan que ven una montaña inmensa envuelta en la oscuridad, pero verdaderamente hay capas tras de ella, una neblina dorada, luz. Comiencen hoy a hacer algo que sientan es lo correcto y después hagan algo que a ustedes les agrada. No se rían, si les gusta hacerse un buen té, no se comienza con agua sucia o con hojas de té inadecuadas. Estén seguros de contar con los ingredientes correctos. ¡Su premio será una sabrosa taza de té caliente! La devoción se fortalece con la práctica. Pónganse como meta el llevar a cabo acciones correctas. Devuelvan la fuerza a su corazón y levanten la mirada».

El monje levantó su mano, inclinó la cabeza y miró hacia arriba. Hablando en vietnamita decía: «Habrá lluvia primaveral, un vaho tibio humedeciendo la tierra. La fértil tierra negra dentro de todos nosotros. Mekong es, Mekong tú, Mekong hombre. Somos un río. Somos fértil tierra negra. El sufrimiento ocurre cuando no sabemos escuchar nuestro sentir respecto a lo correcto y lo incorrecto. El sufrimiento te hace sentir desolado. Deja que el espíritu de la verdad viaje esa distancia del corazón hacia los labios». Para llevar a cabo el que el espíritu de la verdad viaje del corazón hacia los labios, inicialmente habría que fortalecer la voluntad. Habría que ejercitar la práctica de la voluntad. La que según algunos neurólogos reside en la materia gris del lóbulo frontal.

Malinali me lo contó

Primero habíamos viajado a Cempoala 'lugar de agua' en náhuatl. Niños, mujeres y algunos hombres, arreglaban puestos con piñas y pirámides de mangos. Colgaban cocos de las techumbres de palma y disponían frascos rebosantes de miel negra. Ahí compramos una botella grande para traer hasta Chicago. Desde Papantla, tierra de la vainilla trajimos aquella rica miel de abeja, negra y espesa al volver del viaje. Pero me estoy adelantando. Luego del larguísimo viaje recorriendo todo el estado de Veracruz, por fin llegamos a Chiapas. Y al día siguiente, desde San Cristóbal, un autobús nos llevó hasta la zona arqueológica de *Toniná* 'casa de piedra' en tzeltal. Con cantimploras llenas de agua y algunos bocadillos en nuestras mochilas llegamos hasta la entrada de la acrópolis Maya.

Siendo antropóloga, había visitado pueblos de Oaxaca y otros estados en el sur de México donde los chamanes, aún hoy día, ejercen prácticas curativas para padecimientos muchas veces considerados incurables por la medicina tradicional. Debido a mis viajes, me sentía muy cómoda entre sitios tan apartados como este. Sin embargo, un estremecimiento me agobió desde el momento en el que nos detuvimos ante la gran escalinata de la pirámide principal con sus doscientos sesenta escalones. Un niño de ocho o nueve años, vestido en indumentaria de manta, que salió de no sé donde, nos comenzó a explicar algo sobre una de las inscripciones. Dijo que el rey ahí representado portaba un espejo *humeante* de obsidiana y que por una de las caras el rey podía observar la conducta de sus súbditos y por la otra éstos podían ver su reflejo. El niño también sostenía un espejo hecho de obsidiana. Habría tenido un diámetro de diez centímetros y estaba enmarcado en un tipo de metal que no alcancé a identificar. Lo tomaba por el mango y nos lo ofreció para que observáramos nuestro rostro. Luego de darnos su breve explicación, el niño cobró su cuota de pequeño guía y nosotros nos dispusimos a escalar la pirámide. Debido al calor bebimos algo de agua antes de subir. Sin embargo, hacía una suave brisa, así que el calor no era del todo húmedo sino más bien reseco.

Al llegar a la cima pudimos observar el asombroso valle ante nuestros pies y darnos cuenta de las varias plataformas arqueológicas; cada una contaba con sus propias edificaciones: el muro del inframundo, el templo de los sacrificios, el edificio de las grecas en espiral, el mural de los cuatro soles. Fue al llegar a la parte más alta de la pirámide, donde en su ámbito más fresco y protegido del sol decidimos sentarnos a descansar sobre el suelo mismo del recinto. Recuerdo que un pesado sopor comenzó a sobrepasarme y apoderándose de mí, quedé dormida. Fue como si hubiera caído en un tipo de trance y comencé a escuchar una voz que vibraba en mí, una voz desconocida que comenzó a pronunciarse y a sobresalir por encima de la mía. Me sentí temblar, al mismo tiempo que permanecí inerme. He aquí lo que la voz decía y que más tarde intenté reconstruir a través de la escritura:

«Nuestro secreto nos sostiene
Hongo de Huamantla, Tlaxcala.
Alucino visiones cual si hubiera
saboreado un mole... visiones...
Un manto negro bordado de lentejuela
un manto tendido a mis pies
o ríos de luz
rascacielos de hielo y cristal.
Hongo trémulo
húmedo
te adivino escondido
solo y tiritando
bajo la sombra de un árbol
bajo el vientre del volcán de La Malinche

Hongo
¿quién le paga al poeta por pensar en ti?
¿y qué importa además?
Hongo,
no recuerdo tu nombre...
te llamé cumparsita, o rosácea
o lunarcitos.
Desde allá
te llevo aquí
en un rincón de mi pecho
La Malinche:
Santuario de una pirámide
Llego a mi reino de Toniná, mi reino de piedra.
Vengo huyendo de interpretar castillos, de corrimiento de humores.
Hoy solo el chupamirto visita mi asiento en la montaña.

Me quedé sin voz,
solo el trino del ave canta.
Abajo dejé a mis niños,
a mis madres, a mi 'ha' que me clama.
Me vuelvo piedra, me vuelvo estela,
sacrificio...

La parcela espera más allá del cortante filo.
mucul'ha, sacone'ha, y nabal abundan más allá del palmar.
Parece que fuera doblegada,
más sin respiro vuelvo a la reyerta.

Piedra dura, confiable, seca, aguanta austera.
Sabrosa frescura me ofrece mi Toniná en su santuario,
mientras fuera la piedra hierve.
Hoy el chupamirto verde, de nuevo visita las vaquillas en el valle,
y la sibilante mosca le silba a mi perseguidor que se aleje.
Hoy la chicharra canta armoniosa, y la lagartija vuelve a su
guarida ancestral.
Hoy duermo acurrucada sobre el seno de mi madre Toniná.
Busqué fuera lo que traía dentro,
y hoy hallo azul, rojo, amarillo, verde, con solo cerrar los ojos.

Llevo una tableta de piedra con la imagen de Ixbalanqué
mirándose a sí misma en el espejo humeante.
Subo al templo para quedarme 5 días, 10 días, hasta 30 días.

Cinco días cuatro veces al año durante las cuatro estaciones.
Diez días cuando ha de meditarse alguna decisión que afecte la
vida comunal,

30 días para renovar su espíritu.
Tomo alimento sencillo;
legumbres, frutas, maíz, semillas.

Olvidé nuestro silencio allá en la montaña y hoy regreso a
resguardarlo.
Madre Toniná, como tú eres madre, yo soy madre.
Protégeme presta, no me dejes ser mariposa por lagartija devorada.

Me nutriré de polvo mudo
y reinaré con ojos sabios.
Dormiré madre en tu paraje
mientras aguzo el oído
para escuchar el quiquiriquí del gallo,
el rebuzno del burro,
y el aleteo del colibrí.

Dormiré madre en tu regazo
para volverme cenzontle,
para que, al ir despertando madre,
me nutra la caricia de tu musgo.

Quehaceres de la sacerdotisa.
Malinche, túnica de algodón blanco. Atado al pelo largo listones
de colores.
Cordones de maíz. La sacerdotisa sube. Ornamento de
framboyanes.
Es la ceremonia del silencio».

Caía la tarde cuando el soplo de la brisa me sacó de aquel largo sueño en la cima de Toniná. Ahí mismo, desde la pirámide más alta del mundo, en medio del valle de Ocosingo y al inicio de la selva lacandona, por entre los secretos de las piedras, decidí recontar lo que me había acontecido. Al bajar comimos fruta bajo una hermosa ceiba y descansamos antes de retornar al pueblo. Yo ya no era yo.

Doña Soledad

Sabía, porque mi madre me lo contó, que doña Soledad no fue una mujer moderna, aunque hubiera vivido su asignado destino en el siglo veinte, época en que se generalizó el uso del teléfono, la televisión, las computadoras, los electrodomésticos. Doña Soledad era analfabeta; había nacido en el *Rancho Los Mangos*, estado de Veracruz, y de jovencita se había casado con un hijo de italianos que se dedicaba a la cría y venta de ganado, al cultivo de mangos, de ajonjolí, de caña de azúcar, y al cuidado de su carnicería y panadería. Según mamá, en aquellos tiempos, a las mujeres oriundas de regiones rurales no les quedaba más que casarse o vivir con sus padres si les había tocado ser solteras. El énfasis se ponía en que estudiaran los varones, si acaso se les podía mandar a donde hubiera escuela. Por allá por el *Rancho de los Mangos* no había oportunidad de escolaridad para una niña como hubiera sido entonces doña Soledad.

Decía mi madre que doña Soledad siempre fue muy trabajadora, pues durante aquella época su esposo don Antonio salía al campo desde muy temprano, y ya a las cuatro de la mañana ella se estaba levantando para tenerle listo el café y su almuerzo. Le preparaba quesadillas o empanadas, arroz, fruta y algo de beber. De todas maneras, él se malpasaba mucho porque, o no hacía buen tiempo o sucedía algún contratiempo, como el que se lastimara alguna res.

Cuando conocí a doña Soledad tendría yo unos nueve o diez años. Recuerdo que llegó a nuestro departamento en la ciudad de México. Era éste un edificio de unos cuatro pisos, de forma rectangular, fachada de azulejos color verde, que se encontraba en contra esquina de la Secretaría de Educación Pública. Ese edificio institucional que albergaba los despachos donde se planeaban los programas educativos de México comprende casi toda una cuadra y acoge patios cuadrangulares. En varias paredes del recinto, el muralista mexicano Diego Rivera plasmó escenas de los actos violentos o transcendentales que vinieron a conformar la historia de México tales como la llegada de los españoles a México, el movimiento de Independencia de 1810 o la Revolución de 1910.

Doña Soledad era por demás callada. La tengo presente sentada o ayudando en la cocina, vestida de colores oscuros; negro o marrón. Su vientre era protuberante y su piel amarillenta. Tenía una cara de forma alunada muy ancha desde donde sus ojos ofrecían una mirada resignada y opaca. Su voz era suave, apenas un murmullo. Nunca la noté impaciente o enojada. Cuando yo llegaba del colegio me recibía con su sonrisa hinchada. Sus manos de piel gruesa y amarillenta se extendían para abrazarme con calidez. Solía recibirme con cariño: «Cuéntame hija, ¿cómo te fue?», o preguntaba en voz frágil: «¿Cómo estás hija?» y me acariciaba el cabello con su pesada mano de dedos inflamados. Su estancia entre nosotros fue muy breve porque un día cuando regresé del colegio, una vecina que la cuidaba y le hacía mandados mientras mi madre se iba a trabajar, me sorprendió con la noticia de que doña Soledad había fallecido. Porque para esto, se la habían llevado a vivir a una recámara que le rentaba esa señora y quedaba a unos cuantos pasos de nuestro departamento. Yo, inmediatamente me deshice de mi mochilón lleno de libros y libretas y me apresuré hacia aquella vecindad del siglo diecisiete. El antiguo edificio se encontraba contiguo al asimismo antiquísimo que albergara las cámaras de tortura de la *Santa Inquisición* y la primera facultad de medicina en las Américas. Corriendo sobre peldaños de piedra mohosos y cuarteados, llegué al cuarto piso que colindaba con la vivienda de doña Soledad. Había varios perros ahí que me daban mucho asco. Los alimentaban con las sobras de la comida y cuando no alcanzaban a comérselas todas, estas comenzaban a pudrirse y a oler; todos esos huesos sin tuétano flotando en un caldo verdoso eran asquerosos, ¡uy!, hasta daban ganas de vomitar.

La señora que cuidaba de doña Soledad me ayudó a sortear el obstáculo que representaban esos perros, uno de los que se llamaba Rex, y por fin me acerqué al umbral de la vivienda. El cuarto se encontraba en casi total oscuridad. Alumbraban modestamente cuatro altos cirios alrededor el lecho que había colocado la vecina. Esa fue la primera vez que presencié la forma de la muerte. Doña Soledad se notaba rígida bajo la sábana que la cubría. Cuando sigilosamente me acerqué, alcancé a ver su cara amoratada, su nariz achatada por un extraño e intangible peso y sus labios más gruesos de lo normal, amoratados. La besé en la frente y la llamé: *Soledad, Soledad.* Cuando me le acerqué, a la vez que olí la humedad del antiguo edificio alrededor suyo, sentí su piel tan fría como la piedra de aquellos muros. No recuerdo haber sentido un gran dolor o pérdida; sabía que presenciaba algo de gran seriedad y consecuencia, pero no comprendía hasta qué punto. Quizá porque nunca llegué a tratarla de modo que se desarrollara entre nosotros un afecto profundo. Sí recuerdo que con gran urgencia le dije a la vecina que iría a buscar a mi madre para avisarle. Mamá en esa época estudiaba la carrera de odontología, así que mi hermano (quien ya había llegado del colegio) y yo, tomamos un camión hacia Ciudad Universitaria que se localizaba a una hora más o menos del centro. Eran casi las dos de la tarde y hacía un calor espantoso. En el camión la gente se aglomeraba junto a las agarraderas metálicas, que con el sudor de los usuarios despedían un olor rancio. Al llegar a la universidad, preguntando dimos con la facultad, donde en un corredor vimos una larga fila de alumnos. Mi hermano y yo preguntamos si conocían a una señora de tal nombre y nos dijeron que se encontraba tomando un examen. Decidimos no distraerla y esperar hasta que saliera para darle la noticia.

Cuando nuestra madre por fin nos vio palideció súbitamente. Yo inmediatamente le expliqué nuestra presencia diciéndole que doña Soledad había fallecido. Los doctores habían dicho que fueron sus riñones los que ocasionaron la insuficiencia cardíaca. Doña Soledad no era tan mayor de edad como para que hubiera sucumbido a tan 'temprana' edad, pero se había descuidado mucho. En los pueblos como en el que ella vivió la mayor parte de su vida, ya en pleno siglo veinte, las mujeres aún se confiaban mucho de los remedios caseros, de lo que recomendaban las curanderas, del té de cabello de elote, del té de boldo, del té de cola de caballo, del té de canela, o de lo que fuera, y creían que ya con eso, cualquier *dolencia* se les iba a quitar. No es que la medicina natural desmerezca, muchos remedios sí que funcionan; hay todo tipo de friegas y cataplasmas que son bien conocidas por sus efectos sanadores.

No sé porqué rememoro con tanta fascinación a doña Soledad; quizá sea por ese misterio con el que llegó tan brevemente a nuestras vidas o por el silencioso pasar con el que se fue. Quizá sea porque su voz fue siempre suave y cariñosa, haciéndome sentir querida, aún sin conocerme bien, o por esa complejidad reflejada en su cara, que era como una gran luna, tan amarillenta como las mejores lunas de octubre. Tal vez sea por el darme cuenta de que yo misma estoy por alcanzar los cuarenta y nueve años de edad, (la misma en que ella falleció). O pueda ser el recordar la repugnancia que me causaban su aliento tibio y cansado, su mirada opaca tan fuera de época y tan en contraste con la brillante mirada de mis compañeras de colegio, sus piernas tan hinchadas y tan en contraste a las mías en ese entonces, que me permitían correr como si volara. Conforme pasa el tiempo la atraigo a mi pensamiento con más añoranza y comprensión, pero también con resquemor. Cuando me miro al espejo y escudriño mi imagen, noto la huella del tiempo en mis facciones. Me miro y distingo algo lunáceo en mi rostro; vislumbres de doña Soledad en mí. ¿Quién es o fue doña Soledad?

The melancholy of the Stoic is the melancholy of the man who associates with the natural order a 'virtue' that the natural order does not give, and so is tempted to exclaim at last with Brutus, that he had thought virtue a thing and had found that it was only a word. The melancholy of the Epicurean is that of the man who has tasted the bitter sediment (amari aliquid) in the cup of pleasure. It is not difficult to discover modern equivalents of both the Stoic and the Epicurean melancholy. "One should seek," says SainteBeuve, "in the pleasure of René the secret of his ennuis," and so far as this is true Chateaubriand is on much the same level as some Roman voluptuary who suffered from the taedium vitae in the time of Tiberius.

— Irving Babbit

El aspirante a escritor

Es de estatura mediana. Viste camisa a rayas bajo una chaqueta *sport* color azul marino. Lleva un portafolio negro algo grande y anacrónico para esta época de ordenadores ligeros. Sus ojos son de un verde ambarino. Su boca de labios carnosos esconde una dentadura blanca y sana. Sus manos, de piel bien cuidada, muestran unas uñas pulcras, recién limadas. Se inclina a no hablar de los textos explicando: «Soy algo tímido». Le comenta a Sandra la escritora, algo mayor que él, que prefiere hablarle del momento que atraviesa: «No logro escribir últimamente y ha de ser porque me encuentro preocupado por la salud de mi padre. También estoy considerando tomar un empleo en una empresa de finanzas».

Se muestra preocupado y le habla de usted, y cuando le menciona a su padre enfermo, se le humedecen los ojos. Ella observa su torso de espalda ancha y su vehemencia. Se imagina que habrá experimentado ciertos placeres eróticos; habla de París y de sus amigas. Ella, siente su corsé algo apretado y se alegra de no haberse maquillado mucho. Debido al airecillo frío de la mañana, lleva puestos unos pantalones algo entallados, el corsé negro sin tirantes bajo su blusa de algodón y un suéter de lana negro.

No desea dejarse ablandar para nada, solo es cuestión de aconsejarle como si se tratara de un asistente más a los talleres. La ensayística oral con la que se expresa no brilla en absoluto. Lo que más llama la atención es su inocencia, esos comentarios sobre las visiones esotéricas que dice tener, sobre las habilidades curativas de las que no le habla a nadie. Platica que debió haber sido su abuela quien le inculcó esos dones de chamán: «Pues cuando ella estaba a punto de fallecer era capaz de escuchar cómo ciertos espíritus corrían sobre el techo de su casa».

El encuentro comenzó a tornar cuando él se acomidió a pagarle el café y ella, al arrebatarle la cuenta, cayó en la cuenta de que él había tomado su mano mientras con una sonrisa le decía: «Hoy pago, tú la próxima vez». Aquel cambio sutil del *usted* al *tú* la sorprendió. Claro, ya habían ocurrido una serie de contactos entre ellos pues él la había venido a escuchar leer fragmentos de la última novela en la que trabajaba. En efecto, hoy él le había hablado de: «Los hilos del amor», «aquellos que te permiten entrar en la vida del otro», y le había recitado aquel verso de Neruda... *Me gusta cuando callas porque estás como ausente*, lo que ella consideró algo ridículo, tanto más cuando enunció la línea poética con una voz soñolienta y rústica.

A la hora de salir se mostró más atrevido. Le dijo que tenía en su estudio algo que deseaba mostrarle. Era un pequeño cuarto a la vuelta del café de tipo inglés donde acababan de encontrarse. Deseaba enseñarle un cuadro reproducción de Girodet, titulado "Leda y el cisne". Ella, que se había prometido a sí misma no pasar más de una hora con él, decidió abandonar su personalidad monástica por una tarde, percibiendo un olvidado cosquilleo en el vientre.

Ya habían subido las escaleras cuando al dejarla entrar al estrecho corredor del apartamento, él la rozó con su cuerpo distraídamente. Aparentemente turbado él se disculpó, pero ella tuvo oportunidad de husmear su aliento oloroso a manzana tierna y a campo. Él se dio cuenta del pequeño lunar que como una estrellita negra atraía su mirada a la desnudez de la clavícula femenina. Intercambiaron una mirada cómplice, a sabiendas del juego en el que habían entrado. Sin más, él se dirigió a la cocina y puso agua a calentar en una cafetera vieja. Ella se quitó el suéter negro. Luego, algo nerviosa comenzó a leer los títulos en el estante en un leve susurro: «Rilke, Kundera, Fuentes, Cortázar, Cernuda, Lorca, Neruda, Villoro, Paz, Proust», «¡ah! Pizarnik, Mistral, Castellanos, Arredondo!» dijo para sí con cierta sorpresa... Hacía esto, cuando él se acercó y soplándole suavemente al cuello la enlazó por la cintura y le propuso que se pusieran cómodos. Sonriendo, ella le preguntó si encenderían la lámpara. Aunque había algo de luz, el crepúsculo se extendía ya sobre las formas de los muebles y la alfombra y se colaba melancólicamente a través de la ventana. A través del cristal se apreciaban los edificios azulados de la imponente ciudad, más allá de la vecindad de artistas bohemios en el que se localizaba el estudio del escritor inmigrante. Como otros colegas latinoamericanos, había llegado a Chicago en busca de orientación vocacional, nuevos contactos e inspiración. Quizá también en busca de otro tipo de vivencias. «Prenderemos unas velas, así tendremos posibilidad de atraer a nuestros fantasmas», le susurró al oído. Ella asintió, sintiéndose muy consciente del corsé negro que llevaba y de la presión que ejercía sobre su cintura, mientras se expandía con elasticidad acogedora sobre su trasero.

«¿Dónde está el cuadro de *Leda y el cisne* que me querías mostrar?», le preguntó ella curiosa, cuando él se acomodó bastante cerca, de modo que su rodilla tocaba el lado izquierdo de su muslo. «Calla, ya te lo mostraré», dijo él sonriendo tras una mirada fija que, sin alterar la intimidad del momento, se había vuelto más oscura. Le pasó la mano por la nuca y acercando los labios a su boca le metió suavemente la lengua entre los dientes. Luego le lamió levemente la comisura de los labios y le musitó al oído: «Qué fruta más jugosa». Casi sin respiración, la joven echó la cabeza hacia atrás. Ella no se lo podía creer. Por su mente vagaban formas abstractas, tras sus párpados cerrados fulguraban luces rojas y amarillas que con diseños psicodélicos le causaban una rara intoxicación. Buscando contener la oleada para alargar el doliente juego, él la volteó suavemente y la depositó boca abajo sobre el sofá. Ella, como una muñequita sumisa se le acomodó suavemente. Las horas pasaron hasta que luego del erótico intercambio y de un alterado descanso les sobrecogió la madrugada. Insomnes y desgastados por fin se levantaron y vistieron rápidamente en silencio. Ella, con una mirada vacía y disgustada abrió la puerta del apartamento como si se dispusiera a salir. Pero él, desafiante y con gesto hastiado, intempestivamente aventó por la ventana el bolso de la joven. Con pasos desesperados ella bajó las escaleras, se quebró la uña del índice al jalar la puerta metálica del zaguán y se apresuró a recoger su bolsa. Apenas volteó a mirar hacia el edificio. Deseaba morirse, que se la tragara la tierra. Así, se perdió en el lento amanecer de la calle. Él supo cual sería su primer relato, aunque no sabía si se atrevería a llevarlo al taller literario que auspiciaba la revista *Conjetura* los primeros domingos del mes en la Calle 18 de Pilsen.

Visita al extranjero

A instancia de su familia, una de las más encumbradas de la Ciudad de México, Erasmo Vélez Callado aceptó viajar a Chicago, Estados Unidos, con el objeto de estudiar inglés. Tendría unos dieciocho años de edad. Sobre su amplia frente resaltaban gráciles rizos. Sus ojos negros brillaban una sed insatisfecha y sus labios se delineaban suaves y carnosos, denotando un temperamento inteligente a la vez que sensual. De su ropa emanaba un fuerte aroma a colonia, de uso muy común en los bares del área gay de la calle de Halsted. Tal vez fuera *Eternity for Men*. Si algún norteamericano conocedor de ciertos rumbos se le hubiera acercado, quizá habría creído que Erasmo venía del barrio de Lake View, y no de una de las áreas bien de la Ciudad de México.

Los señores Marina y Abraham Meckler, conocidos de los padres de Erasmo por cuestión de negocios lo invitaron a cenar una noche. Los señores Meckler, liberales norteamericanos de posición acomodada, tendrían entre cuarenta y cuarenta y cinco años.

Él era rubio de pelo rizado y ojos azul-verde, ella delgada de estatura baja y mirada sonriente. El día, que había comenzado lluvioso de repente se tornó agradable; se apreciaba un arco iris y soplaba una suave brisa del Lago Michigan. Así eran los días el mes de Julio; húmedos, parcialmente soleados.

Durante el trayecto hacia el restorán Erasmo le había expresado a sus anfitriones: «A mí la comida china no me gusta, pero la japonesa o la de cualquier otro país, sí». Por tanto, Don Abraham propuso cenaran en *Bertucci's*, un restorán italiano Highwood, al norte de la ciudad. «Durante la época de la prohibición, los mafiosos como Al Capone habían tramado sus crímenes en este barrio. Aquí hasta el agua de la llave sabía a alcohol, mientras que el centro de la ciudad era invariable blanco de los agentes federales», le explicaba el Sr. Meckler a Erasmo.

Cuando llegaron al estacionamiento, Erasmo comentó que el *Rolls Royce* negro junto al que les había tocado estacionarse no era de su parecer. Él hubiera preferido quedar junto a un *BMW*, un *Jaguar* inglés o un *Porsche*.

Al entrar al restorán, un edificio construido en los años 20 con techo de cobre de patina verdosa, un eficiente jefe de meseros de origen mexicano los condujo hacia su mesa. Erasmo se sentó frente al Sr. Meckler, doña Marina se sentó entre los dos. A pesar de lo lleno del lugar, el volumen de las conversaciones asemejaba un plácido arrullo. No se oían carcajadas estentóreas, ni pláticas de mujeres en tono chillón. «¡Estuvo buenísimo el juego de béisbol al que asistí ayer!», comentó entusiasmado Erasmo, pues había sido invitado al famoso estadio de béisbol de *Wrigleyville* por un industrialista del acero en Chicago, con quien su padre sostenía negocios. Platicó sobre la diferencia que había notado entre el entusiasmo de los fanáticos norteamericanos en contraste al de los mexicanos. Le sorprendieron mucho el bullicio y las porras de un público totalmente entregado a azuzar a los Cachorros de Chicago para que derrotaran a los Cardenales de Cincinnati. Pero había más moderación según él, en comparación a los fanáticos del América o de Las Chivas. Don Abraham y Erasmo ordenaron unos camarones *scampi*, doña Marina un *New York steak* más una orden de setas con cebollitas fritas. Don Abraham seleccionó una botella de Chianti y Erasmo pidió una coca dietética.

«Leí hace algún tiempo...», retomó el hilo de la conversación doña Marina, «...que aquellos jugadores que califican para jugar en la copa mundial de fútbol, deben tener un mínimo de dieciocho años de edad. Creo que algunos de estos jugadores mintieron respecto a su edad y fueron descalificados». Erasmo sonriendo contestó: «A esos jugadores les llaman *cachirulos*». «¿*Cachirulos*?», preguntó sorprendida doña Marina, mientras cortaba el filete de carne con un cuchillo filoso y tan grande como uno de carnicero que llevaba grabado sobre el mango *made in China*. «Sí...», contestó Erasmo formalmente, como si discurriera sobre un asunto de alta diplomacia y no uno tan trivial, «...*cachirulos*, en recuerdo de aquel narrador de cuentos de hadas, que salía en la televisión mexicana todos los domingos a las siete de la noche. Se vestía con un saco a cuadros, pantalones cortos y corbata de moñito. Era pelirrojo. La gente decía que era *maricón* por su forma de vestir y por querer aparentar menor edad de la que tenía, aún fuera del programa». Don Abraham le preguntó a Erasmo si de casualidad Cachirulo se vestía como Pee Wee Herman, un famoso presentador en Estados Unidos que recientemente había sido arrestado bajo cargos de exhibicionismo en un cine. Erasmo dijo que no sabía quién era Pee Wee Herman.

Algo ruborizada por el vino y el tema de conversación,

doña Marina se atrevió a comentar que *El cuento de los domingos* había sido uno de sus programas favoritos cuando era niña: «Empezaba 'érase que se era'». «No recuerdo esas palabras exactamente…» clarificó Erasmo y añadió, «…pero aparecía la imagen de un castillo sobre la página de un libro, luego la mano de Cachirulo volvía la página y la cámara se acercaba hacia esta, adentrándose en el cuento, a uno de niño le hipnotizaba».

Bebiendo su *chianti* a sorbitos, don Abraham se aventuró a decir que su programa de televisión favorito cuando era niño había sido *Maya*, que se llevaba a cabo supuestamente en la India y que además de mostrar a un elefante protagonista, también incluía a un niño y a un tigre en papeles estelares. En cada episodio ocurría una crisis; ya se escapaba el tigre, ya se perdía el niño, ya estaba a punto de esparcirse un incendio, y Maya, que era el nombre de la elefanta salía al rescate. Y continuaba don Abraham: «A mi hermana y a mí nos encantaba la serie, nos impresionaba mucho. Había una escalera que iba del cuarto de ver televisión hacia las recámaras de la planta alta de nuestra casa, y dependiendo de lo asustado que estuviéramos, corríamos y nos sentábamos en el primer escalón, en el segundo o el tercero, y así progresivamente hasta el quinto, desde donde apenas podíamos ver la televisión a través de los barrotes de la escalera».

Erasmo sentía que don Abraham lo miraba muy fijamente. Sería su imaginación, ¿o realmente la punta del zapato de don Abraham había rozado muy levemente la del suyo? Imperceptiblemente cambió su pie de lugar y deseando pasar desapercibido tomó otro bocadillo de su plato, no sin antes darse cuenta como tantas otras veces, del asco que le producía mirar sus propias uñas tan mordisqueadas. Hasta recordó el grito en el cielo de su mamá cuando hacía su maleta antes de salir hacia Estados Unidos: «¡Erasmo, si no dejas de comerte las uñas te voy a untar chile y ajo en los dedos!»

Cayendo en la cuenta de que aquella plática no iba a ningún lugar, doña Marina decidió acercar la conversación hacia algo menos trivial: «Qué cosas tiene la vida, ¿verdad? ¿Quién iba a decir que conversaríamos acerca de los cachirulos?» Luego, volteando a ver a Erasmo le preguntó: «¿Y qué te pareció París cuando anduviste por allá?». Haciendo un gesto de desenfado, Erasmo respondió: «Papá y yo llevábamos recorriendo Europa casi todo un mes cuando llegamos a París. Veníamos cansados de ver tantos museos y catedrales. Desfallecidos, de todos modos, hicimos el esfuerzo por visitar la Plaza de los Inválidos y de encontrar la Mona Lisa en el Louvre. Esto es todo lo que puedo decir respecto a París. París solo fue un lugar de paso, pues a donde nos dirigíamos antes de regresar a México era a Wimbledon. Papá deseaba que pasáramos unos días en una pensión inglesa y ya había hecho arreglos con anterioridad… Qué contraste el de ese viaje en Europa con el que nos tocó hacer en México al volver. Hace un mes más o menos, papá y mi tío, Don Faustino Quirarte, organizaron una expedición de ocho hombres a la sierra de Oaxaca. Don Faustino iba hecho a la idea de encontrar el rancho que le había sido arrebatado a mi abuela por órdenes del presidente Cárdenas. Partimos de México hasta Tuxtepec. Ahí, un abogado que tiene tratos con abogados nuestros en la ciudad de México, nos ayudó a cruzar el río en pangas. Este río se encuentra más o menos entre los límites de Veracruz y Oaxaca. Después de adentrarnos en la sierra y navegar sobre una presa, nos dimos cuenta de que solo una parte del rancho sobresalía por encima del agua. Algunos indios oaxaqueños, no sé si Triques o Mixes o Zapotecos, nos rodearon amenazadoramente. Tal vez les hayan molestado nuestras cámaras o nuestra manera de vestir. El caso es que nos miraban como si fuéramos sospechosos y como notamos que llevaban machetes y cuchillos a la cintura, decidimos irnos».

«Entonces en tu familia no deben querer mucho al presidente Cárdenas», aventuró doña Marina. «Pues no se le quiere por ese lado, pero se le aprecia por haber asilado en México a muchos republicanos españoles cuando se dio la guerra civil en España. Por ese derecho de asilo pudo venir mi abuelo aragonés a México. Así que Cárdenas echó a mi abuela de su rancho para construir la presa, pero admitió a mi abuelo español a México».

A estas alturas los comensales ya habían terminado sus postres y el café. Don Abraham y doña Marina habían compartido un *tiramisú* y Erasmo un *canolli* de pistache. La noche era cálida y apacible. En el aire se respiraba la fragancia de las peonías, las rosas y las lilas. Una vez encaminados hacia el estacionamiento, don Abraham decidió que doña Marina lo acompañara a ir a dejar a Erasmo, en lugar de llevarla a la casa primero. Erasmo se hospedaba en una residencia de estudiantes en el barrio de Rogers Park. Era un edificio propiedad del *Opus Dei* de construcción añosa. Con las ventanillas del automóvil abiertas, enfilaron rumbo hacia el sur de la ciudad por la carretera 41, también llamada *Edens* o 'Edenes' en español.

Los tres cavilaban. Tal vez alguno de ellos todavía reflexionara sobre la exhaustiva conversación sostenida minutos antes en torno a las rejoneadas, aquellas fiestas entre ecuestres y taurinas que se llevaban a cabo en el rancho propiedad de los toreros Capetillo, o el club *El Nogal*, sobre la carretera rumbo a Toluca. Erasmo hasta había dicho juguetonamente respecto a esas fiestas a las que asistían las celebridades de la política y la farándula: «Casi me sentí gente importante».

Así, ensimismados en sus pensamientos, de repente comenzaron a escuchar música. Esta parecía venir de fuera del automóvil. Los tres aguzaron sus oídos intentando determinar el origen de aquella música. Cuando don Abraham se emparejó con otro automóvil, los tres estuvieron de acuerdo en que aquel auto tampoco era el origen de la melodía y, además, muy pronto ya no había otros autos alrededor. La música parecía fluir en un volumen muy suave, como si se esparciera través del aire, de la noche misma. Reconocieron una melodía que se titulaba *Voz de la guitarra mía* y la voz del cantante era, ¡nada menos que la del desaparecido Pedro Infante! Erasmo se puso tan nervioso que sus manos comenzaron a sudar copiosamente, y en el ano le surgió un cosquilleo que lo incitaba a reprimir un gemido angustioso. Se meneaba imperceptiblemente de lado a lado sobre el asiento, intentando restregarse para alcanzar un cierto alivio. Doña Marina, intentando reanimarlo, le preguntó qué haría al día siguiente. Titubeando, Erasmo respondió que asistiría a su clase de inglés con dos compañeros españoles, también hospedados en el albergue del *Opus Dei*.

Por fin habían llegado a la residencia de Erasmo y se habían despedido de él, deseándole parabienes para sus padres. ¿Por qué se había escuchado aquella música? ¿De dónde vendría? ¿Por qué habrían de ocurrirle a Erasmo tales cosas? ¿Cuándo podría vencer el hábito de morderse las uñas? ¿Por qué se había sobresaltado placenteramente en el estacionamiento cuando don Abraham le pasó el brazo por la espalda? A solas ya en su habitación, sus lánguidos rizos negros sobre la almohada blanca, Erasmo comenzó a extraviarse en sueños. Mientras la gran roca de su estómago indigesto le impedía acomodarse bien, su mente a ritmo de incesante zarabanda no cejaba en hacer preguntas. ¿Se atrevería a invitar a don Abraham a tomar un café para que lo orientara respecto a los museos de la ciudad? Ante la expectativa de otro encuentro con don Abraham, Erasmo sintió un calorcillo entre las piernas, pero exhausto por ese día repleto de emociones, la pesadez en todo su cuerpo lo venció y cedió al sueño.

La casamentera de Skokie

Tiene alrededor de 50 años de edad. Lleva un corte de pelo moderno. El cabello canoso despuntado en alitas cortas sobre los oídos le confiere un aire de niña coqueta. Me enteré de sus servicios a través del diario local La estrella judía. El anuncio decía: *Quince años de experiencia. Contamos con cientos de suscriptores y 231 matrimonios* y continuaba en letras aún más pequeñas realzadas en negrita: *Para profesionistas agobiados de trabajo que desean presentaciones efectivas. ¡Considere Las Casamenteras!*

El proceso comienza con una detallada entrevista de cada cliente en la misma casa de una de las dos socias dueñas del negocio. Gloria, que así se llamaba la casamentera, había horneado manzanas. Su hogar en Skokie estaba inmaculadamente limpio. Además, había dispuesto una charola con nueces, dátiles, higos y dulces de coco (la pascua judía *Pesaj* acababa de concluir). «¿Cómo se enteró de nuestros servicios?», preguntó Gloria. «Por medio del periódico *La estrella judía*» respondí, sintiéndome ya un tanto vulnerable en esta por demás extraña situación. Hacía dos años que había enviudado y me había sido imposible aceptar más de dos o tres citas con posibles pretendientes.

Gloria me informó que la cuota anual de $500.00 dólares incluía un año ilimitado de citas según la frecuencia de los encuentros que aceptara. Acto seguido me hizo varias preguntas: cuántos años había sido casada, cuántos hijos tenía (uno a punto de entrar a la universidad), qué buscaba en una relación de pareja... (un hombre con muy buen sentido del humor, intelectual, romántico, buen cocinero, con gustos literarios y filosóficos, de manos sabias...). «Ya veo», sonrió, como si visualizara tal pareja. Ansiosa de ganar su simpatía y de que me ayudara a encontrar la mejor pareja, de acuerdo a sus habilidades claro está, enumeré otras actividades en las que me gustaba ocupar mi tiempo... La jardinería (acababa de plantar jacintos, begonias y pensamientos en varios tonos de morado), clases de cocina china, francesa, y escuchar jazz mientras leía un buen libro.

Para entonces ya íbamos en nuestra segunda taza de café. Agradeciendo mi candor, ella también se dispuso a confiar en mí. Me platicó que tenía tres hijos, dos varones y una hija. La chica le preocupaba mucho. Frotándose las manos con gesto de angustia susurró: «Lleva ocho años cohabitando con el mismo hombre y no dicen nada de tener hijos o casarse. Mi hija lo conoció en la secundaria y en la universidad ya no quiso salir con nadie más. Creo que tiene que ver con lo que él estudia. El busca obtener un doctorado en música y mi hija no le concierne en lo más mínimo. No quiero que ella se pierda la experiencia de ser madre». A su preocupación solo asentí con simpatía, no sabiendo qué consejo o consuelo ofrecer.

Después de una larga pausa sacó un pesado álbum de fotografías de presentaciones exitosas, descripciones de algunos candidatos a punto de comprometerse, artículos escritos en la prensa acerca de *Las Casamenteras* por algunas de las publicaciones de más prestigio en la ciudad, estadísticas detallando el estilo de vida de los solteros *modernos* en los EU. Gloria me dejó echar una ojeada a las páginas mientras me hacía más preguntas: En qué consistía mi trabajo actual, dónde había vivido antes, qué tipo de vacaciones me gustaba tomar, si era vegana o carnívora. Le respondí lo más mejor que pude, consciente de mi nerviosismo, de mis manos temblorosas, de que se me hubiera ido el hilo de la media, de que se salía el fondo de *nylon*, más largo que el vestido que llevaba puesto.

Luego de tomarme fotos con una *Polaroid* que iba a incluir en su álbum junto a las respuestas que había ido anotando durante nuestra entrevista, dijo que le venían a la mente tres caballeros que podrían interesarme. El escucharla había surtido el mismo efecto que un soporífero. Me obligó a perderme en mis pensamientos y a repasar momentos dolorosos de mi vida ocurridos no hacía mucho; la muerte repentina de mi marido, el funeral, la puesta en venta de nuestro hogar. Aunque habían pasado ya dos años de su fallecimiento, la depresión en la que había caído me había ido carcomiendo el gusto por las cosas. Un peso me oprimía el pecho. Desde su muerte, el entorno parecía flotar ante mí cual envuelto en una nube de ceniza. Por fin, como si despertara de una profunda hipnosis, me escuché a mí misma respondiéndole mecánicamente: que no creía que salir con el director de una casa funeraria fuera a ayudarme mucho en mi condición actual, que, respecto a su segundo candidato, un dentista con una hermosa casa en Winnetka, no me atraía para nada el nombre de *Harry*, que preferiría que el tercer candidato, un restaurantero de Hyde Park, me llamara primero, en lugar de llamarlo yo a él. «No te preocupes, alguien te llamará dentro de una o dos semanas», prometió sonriendo coquetamente y haciéndome un guiño.

Un cantor para sordos

Alrededor de las tres de la tarde de un día soleado, Ralph Geller, propietario de la librería *Jacob's*, escuchaba la primera sinfonía de Gustav Mahler. Como de costumbre, conducía una orquesta imaginaria con una batuta invisible. Sin dejar de mover su bronceado brazo, les comentaba a dos clientes que recientemente había regresado de Arizona. «Podría trasladar la librería allá, en la ciudad uno pierde su libertad, las pasiones esclavizan, hay demasiados estímulos. Me gustaría una ventana con una sola persiana en lugar de una ventana con cortina y persiana». Una de las clientes, una pintora de cabello corto, cuyo redondo rostro irradiaba una luz plateada interrumpió, aclarando que el vidrio del aparador llevaba ya una sola persiana, y que el hábito de acudir a la librería todos los días tal vez se lo había hecho olvidar. Ella había llegado al establecimiento ese día con la intención de conseguir el volumen de *Yo y Usted* por Martin Buber. Ralph Geller le pidió que esperara mientras terminaba de envolverle *Los Nibelungos*, una obra sobre mitología alemana, a un hombre alto de cabello ralo que aguardaba pacientemente. Jim Schmidt se sido criado en Alemania, pero ahora vivía en Estados Unidos. Ralph le sugirió a Regina, que así se llamaba la pintora, que mientras mirara un catálogo que permanecía abierto sobre el mostrador. Detallaba documentos y fotografías alemanas durante el régimen de Hitler. «Dos dólares al marco», exclamó Schmidt, señalando la foto de una mujer ataviada en pieles. Con curiosidad Ralph le preguntó al hombre: «¿A qué se dedica usted?». «Estoy completando un doctorado en música por la Universidad de Northwestern y ahora me encuentro trabajando en un documental para la Radio Pública Nacional sobre Strauss». «¡Su dedicación a la creatividad musical es admirable!», exclamó Ralph.

Mientras este intercambio tenía lugar, un hombre pelirrojo apareció por entre la oscuridad de los estantes. Su camiseta roja, en lugar de ocultar su gran panza, la realzaba. Ralph lo miraba de reojo, mientras prestaba atención a la pintora. «*Yo y Usted* es uno de mis libros favoritos», dijo el pelirrojo al escuchar a la pintora. «¿Y por qué es este su libro favorito?», preguntó ella. «Porque Buber declara que *Dios* se encuentra en los árboles, en el aire, y que no es necesario ir a buscarlo a las iglesias, ni a las sinagogas. En uno de mis pasajes preferidos afirma ver a *Dios* en los ojos de su amada». Había dicho esto último con acusada ternura en la voz, como deseando que todo el mundo conociera la obra de Martin Buber.

Ralph, el pelirrojo y la pintora, se dirigieron a una esquina de la librería. Después de sacar *Yo y Usted* de los estantes, Ralph abrió los ojos desmesuradamente y mirando al hombre de la gran panza le preguntó: «¿Hey, no eres tú Jeremy Pressman?». «Sí, el mismo». «Pensé que vivías en Alemania», dijo Ralph. «Sí, allá vivo, pero ahora canto con una casa de ópera en Berlín y acabamos de presentar una función en Lake Forest College». «Sabes si se encuentra la apertura a *William Tell* en hebreo?», preguntó Ralph. «No, no lo sé», respondió el pelirrojo. La pintora, cuyos ojos negros hacían contraste con su piel plateada intervino con tacto: «Perdón por preguntar, ¿pero por qué querría la apertura de *William Tell* en hebreo?». «Tengo un amigo que, aunque alemán, es judío y muy religioso. Habla el hebreo con gran fluidez y ha estado en Israel dos veces. Ha leído *William Tell* en alemán y ahora le gustaría leerla en hebreo», explicó Ralph y prosiguió, «a mí me encanta la ópera». «¿Cómo fue que se inclinó a querer cantar ópera?», preguntó Ralph al pelirrojo. «Era cantor en la sinagoga de Skokie y cantaba en la sinagoga para sordos, pero ahora canto en la ópera de Berlín», respondió el cantor. «Aparentemente es usted creyente, ¿no?» insistió Ralph. «No creo en la palabra *Dios* como se entiende comúnmente, hay muchas connotaciones relacionadas con la palabra *Dios* con las que no estoy de acuerdo y como cantor nunca pronunciaba el nombre de Dios, nosotros cantábamos *Adonay Elohenu* en lugar de pronunciar la palabra Dios».

La pintora, que sostenía en sus manos el libro de Yo y Usted, lo depositó cuidadosamente sobre el mostrador. Visiblemente conmovida por algo, de sus ojos comenzaron a escurrir involuntarias lágrimas. Esto coincidió con escuchar las palabras en *Adonay Elohenu*. Quiso esconder su rostro de la mirada del cantor y haciéndose fuerte replicó: «No creo que uno vea a *Dios* en los ojos del amado». El cantor le respondió preguntando: «Usted no creerá que estamos aquí por accidente, ¿verdad?, yo no creo que el universo, los árboles, la gente estén aquí por casualidad. Usted y yo no nos hallamos aquí hoy al azar». «Es cierto que creo en las coincidencias y en las ocurrencias misteriosas», respondió la pintora menos escépticamente. «Yo también, y no creo que sean accidentes; al principio no lo comprendía, pero lo entendí mejor cuando leí *A Brief History of Time, God and the New Physics*». «He leído a Stephen Hawkins en parte y comprendo la posibilidad de que el universo sea más que tridimensional». «Sí, pero hay una posible explicación a las coincidencias y a las ocurrencias misteriosas cuando uno piensa en universos paralelos», dijo el cantor. «O por medio de túneles conectando las veredas paralelas, añadiendo una simultánea existencia al pasado, al presente y al futuro», respondió la pintora y agregó, «no hay muchos que comprendan a los que nos hemos venido haciendo este tipo de preguntas o experimentando vivencias de coincidencias inexplicables». «Es verdad, no hay muchos que entiendan a quienes les ocurren estas cosas, o dicen creer y entender, pero les entra por un oído y les sale por el otro, por eso tengo contados amigos con los que intercambio libros e ideas y que sé no me tomarán por loco. Aquí en Skokie hay un hombre que entiende de estos sucesos misteriosos, es el rabino de la Sinagoga para Sordos».

Jeremy, que así se llamaba el pelirrojo cantor para sordos y su amigo de cabello ralo se dispusieron a partir. La pintora tenía que irse también. Le preguntó a Ralph si tendría *Yo y Usted* en edición de bolsillo. Ralph le respondió que sí y le expresó, como reafirmando una epifanía preciosa: «Cuando le pago al chofer del autobús, le estoy dando mi dinero a una cosa, *Yo y Usted* es lo que acaba de pasar entre usted y Jeremy».

Mi madre, mi amante y yo

Comenzamos a cenar exactamente al ponerse el sol. El lago refulgía, las nubes se despeinaban. Él se sentó a mi derecha, ella a mi izquierda. Él vestía camisa de rayitas que hacía juego con su suéter de tono rosado, ella un trajecito verde pistache, cuya solapa ostentaba un prendedor de brillantes con la forma de la inicial *A*.

Mientras departimos escuchamos la composición de Leonard Bernstein *Kaddish*, luego *Réquiem* por Verdi. Como si fuera un profesor de Historia, tuvo la atención de explicarle a mi madre: «Hoy se conmemora la muerte de aquellos que sacrificaron sus vidas por salvaguardar la libertad de los Estados Unidos y la democracia alrededor del mundo». Cuando lo interrumpí para preguntarle si le agradaba la cena, me respondió con un simple: «*Sí*». Cuando mi madre le preguntó si él había querido algún día ser siquiatra como su padre, se echó una carcajada y respondió con un sencillo: «No».

Mi madre comentó que cenábamos alimentos muy sanos: hogaza hecha a base de semillas de girasol, almendras, pimiento morrón, cebollita picada, harina de trigo integral, una pizca de levadura y dos huevos. Acompañando ese sabroso platillo saboreábamos pepinillos encurtidos y rebanadas de jitomate aderezadas con jugo de limón y aceite de oliva.

Él le susurró a mi madre en francés, que la cena olía a mí, a lilas y a rosas. Luego le dijo que el vino provenía del bosque de las damas misteriosas; *Cuvée du Bois Des Dames Mysterieuses.* Cuando lo paladeé lo sentí algo amargo, atornillado.

Continuó mi madre diciendo que yo no había sido traviesa de niña, no, el travieso fue mi hermano, que un día desarmó un radio, otro un reloj y otro la televisión. Contó cómo había mandado componer el aparato *Phillips* con un señor recomendado por un vecino. El técnico regresó más de dos veces a solicitarle dinero, que era según él, para mandar pedir un bulbo *difícil de conseguir.* Total, ese señor nunca devolvió la televisión. Más adelante, un *policía*, que se suponía la iba a ayudar a rescatar el aparato, un día la acompañó al mercado de *La Lagunilla* colmándola de piropos, pero nada de la televisión. En fin, habíamos querido que se nos regresara la tele, porque a través de esa pantalla vimos cómo Neil Armstrong había dado: «*Un pequeño paso para un ser humano, pero uno gigante para la humanidad*».

De nuevo giró la conversación alrededor de lo francés y mi madre se acordó de un profesor suyo, Don Andrés Andreu. Cuando ella tenía 21 años y él unos 50, le rogaba: «Cómo quisiera tener 25 años para llevarte a Francia». Excepto que el profesor era casado. Mi amante respondió que a los franceses les encantan ese tipo de situaciones. Mi madre quería ver una foto de sus papás o conocerlos y él le respondió escuetamente: «Más adelante». Al terminar de cenar bebimos té *Ti Quan Ying* (Dama de la compasión férrea). Es un té caro entre los tés, a $28 dólares la libra. De postre, nil. Luego de despedirnos, él regresó a su departamento y mamá a Highwood. Se queja de que no le gusta vivir allá porque le parece un rancho pues no sucede nada, no ve gente y cuando el primo de la peinadora con la que comparte la casa le pidió que le enseñara a guisar el arroz, le contestó que no, porque siempre le sale quemado, crudo o batido.

El señor Yokamoto

En su nueva profesión, el señor Yokamoto, hawaiano de origen japonés y parte estadounidense, es conductor en el ferrocarril que viaja desde la costa este de los Estados Unidos hasta San Antonio, Texas. Es alto y fornido. Aunque su cabello comienza a encanecer, sus manos venosas aún demuestran una atractiva virilidad.

Su trayecto comienza en Little Rock, Arkansas, y termina en San Luis, Missouri, donde otro conductor lo releva. Entre sus tareas está el checar que los pasajeros tengan el boleto para el asiento correspondiente o el hacer cambios en aquellas situaciones que se presten a ello, como elevar de categoría una tarifa de primera a una de dormitorio si hay lugar o mejorar la categoría del boleto si alguien ha cancelado. Para ello, el señor Yokamoto toca a la puerta de los varios compartimientos del tren checando los dormitorios o pasa a lo largo de los corredores, asiento por asiento. Luego se dirige hacia el vagón comedor donde lleva a cabo el papeleo desde su computadora portátil.

El señor Yokamoto, que no lleva anillo de casado, tiene una hija que estudia bioquímica. Se queja de que las colegiaturas, aún en las universidades estatales van en aumento, pero se conforma con su suerte pues se considera bien recompensado en esta nueva profesión, además de que está por jubilarse en tres años más. Con anterioridad a su desempeño en esta profesión, el señor Yokamoto fue marino de la *Navy*. Pasó mucho tiempo estacionado en varios barcos alrededor del mundo, más bien cerca de las costas latinoamericanas. Ahí sus responsabilidades incluían el escuchar las conversaciones de políticos, funcionarios y militares de esos países, utilizando la tecnología satelital. Su área de estudio en la universidad había sido Ciencias de la Comunicación y en efecto había querido ser reportero, pero terminó ejerciendo como recopilador de inteligencia durante más de veinte años. Cuando ocurrió la caída del presidente Salvador Allende, a bordo de un barco cerca de las costas chilenas le habían asignado recabar las conversaciones, mismas que no se analizaban ahí mismo, sino que se transmitían a la Agencia Nacional de Seguridad en Washington. Ahí era donde se descodificaría alguna frase tal como: «*La cena se servirá a las diez de la noche*».

El señor Yokamoto mantiene un diario desde hace años. Cuando le siente confianza a algún pasajero, le cuenta que su apellido es de origen japonés y se abre sobre su vida. Su abuelo fue piloto en la fuerza aérea japonesa durante los años cuarenta y aunque no le tocó sobrevolar Pearl Harbor, lo asignaron Burma. Luego de la ocupación de Japón por Estados Unidos, su abuelo pudo viajar a Nueva York, donde trabajó como traductor y escribió todo un diario en japonés, ahora en manos del señor Yokamoto. La traducción de ese diario es asimismo uno de sus actuales proyectos.

Bebiendo café, mientras agrega su firma a los trámites que recién completa, el señor Yokamoto le comenta con entusiasmo a su colega conductor, un hombre de ojos azules de apellido irlandés: «Algún día me gustaría leer algo respecto a Salvador Allende y su corta estadía en el poder».

Cafeína

El día del debate presidencial entre los dos candidatos a la delantera, una mujer y un afroamericano, Nadia se cambiaba las curaciones sobre la teta donde recientemente le habían hecho una mastectomía. Se quejaba consigo misma de lo mal que olían las supuraciones. El yodo le escurría por la nuca cuando inclinaba el cuello para alcanzarse parte de la curación sobre la espalda. El debate no serviría de nada; a la cabeza del partido opositor, un candidato vulgar, estrafalario y demagogo, recibía una gran acogida entre un grupo cada vez mayor de seguidores reaccionarios y xenófobos.

En la pantalla del televisor, se prendía y apagaba un anuncio que mostraba la palabra *político* bajo la imagen de la candidata, y el nombre del diario *Los Angeles Times*, a cuya directiva editorial le importaba más que nada anunciar su publicación, fuera quien fuera el candidato a destacar durante el debate. Qué les iba a importar a ellos que fuera desagradable para los espectadores ver ese continuo parpadeo de la imagen frente a ellos. Decía Nadia, hablando a solas, como si la estuviera escuchando alguna de sus amigas: «*Los anunciantes de productos, las empresas publicitarias se han convertido, en los grandes países de consumo, en las grandes vacas putas de las hordas. Van a la vanguardia de la cultura consumista, anti-intelectual y anti-humanista que prevalece y rige en los Estados Unidos de América. Todo el día te hostigan las compañías farmacéuticas con sus anuncios de mierda donde se ve gente sonriendo mientras te anuncian cómo los medicamentos te pueden orillar al suicidio, causar infartos embolias o peor. Esos actores muestran expresiones de mentes idas, sonrientes como si se pasearan a la orilla de una hermosa playa, y no por cielos infectados de pus».*

Los alebrijes que colgaban del techo, típico adorno folclórico latinoamericano, parecían volar con sonrisas burlonas en el *loft* de Roberta. Esta le había prestado su condominio a Nadia mientras viajaba por Sud América. Nadia era la típica mujer mayor que vive sola y de repente pierde el trabajo, la salud y hasta su casa. Todo al mismo tiempo. Esta nueva desahuciada, artista caída entre las grietas se veía debilitada por los fuertes medicamentos que le recetaban sus médicos para aminorar la quimioterapia. A veces no dormía y tenía extrañas pesadillas que solo intensificaban su pasión por sobrevivir y continuar fotografiando y pintando. De su último viaje a París, volvió con renovada inspiración para trabajar en las calles de Pilsen, Rogers Park y Highwood. Ahí retrataba el diario laborar de los trabajadores inmigrantes hispanos. Fotografiaba a los cocineros y meseros de los restaurantes por todo Chicago, a trabajadores de la construcción, en las residencias para adultos de la 3ª edad, en los hospicios, en las granjas lecheras, a los que laboran en los ferrocarriles, en los hospitales, hasta los que laboran en las plantas procesadoras de carne. Hoy, en el *loft* de su amiga Roberta, a Nadia la inspiraban más la arquitectura de Sullivan donde se localizaba el apartamento, la cerámica de Oaxaca, que encontraba en la bien proveída cocina y los recetarios de cocina, más que los debates presidenciales parpadeando su estúpida fosforescencia desde la gran pantalla en la sala familiar. Eso de los debates presidenciales ya estaba muy gastado. Por lo tanto, no lo veía. Después de comer una sopa de verduras hecha con crema de chayote y leche de almendra, descansaría y se haría un buen café de olla con canela y piloncillo.

A Nadia no le gustaba el té, mantenía un ávido deseo de beber café (porque le recordaba Coatepec, Huatusco, Córdoba) y además fumaba. Quizá se atreviera a visitar esa tiendita donde vendían herbolaria allá en Pilsen para lidiar con sus dolencias. Tal vez así pudiera atraer la suerte y encontrar vivienda, pues no le convenía que Roberta llegara después de dos semanas de viaje por Argentina y la encontrara todavía ahí, como una tortuga sin caparazón. Soñaba con los ojos abiertos con un arroyo por allá en México, una cascada con aguas sanadoras, por allá en el Sumidero, junto a la que pudiera acogerse de vez en cuando para regodearse en su rumor. Sonriendo, a pesar del dolor que la asediaba, en sus adentros recordaba con alegría cómo había participado en varias marchas. Últimamente se encontraba planeando, junto con un comité de mujeres y artistas activistas, la marcha de enero.

Mientras se desinfectaba con alcohol y se acomodaba una fresca gasa de algodón, hablaba consigo misma: «Estoy segura de que las mujeres latinas de Chicago jalarán parejo». Según algunos diarios, se preveía un contingente de unas 250,000 mujeres que finalmente se congregarían en Millenium Park donde presentarían sus demandas, así como sus posibles resoluciones en una plataforma de sugeridas mejoras. Recordaba con entusiasmo las camisetas que su amiga Tita había diseñado con el lema: *¡Somos bien chingonas, nos pondremos bien las botas!*, que abajo del letrero en verde mostraba un ondulante y fluido dibujo de la diosa Coatlicue, la de la falda de jade con botas de marchar. Las camisetas estaban listas para ser distribuidas cuando se reunieran en el parque Unión. De ahí partiría el contingente de las hispanas, lideradas por el grupo de Los Concheros, los danzantes que bailaban mientras marchaban por el centro de Chicago al ritmo del *huéhuetl*, con cascabeles en los tobillos, meneando tocados aztecas con plumas de muchos colores. Se decía Nadia que por ahí alguien traería un estandarte de la Virgen de Guadalupe pues también ella había sido *hembra*. Con dolor y todo, mirándose al espejo entre dolencia y curación, Nadia se carcajeaba y hablando en tono jocoso con su reflejo sentenciaba: «¡Tendré que decirle a Tita que no se olvide de traerse un estandarte con la imagen de Sor Juan Inés de la Cruz, otro con la de Frida Kahlo y otro con la de Selena! ¡Ay, ay cómo me dueles!»

Nueva Orleans

La pareja de recién casados de Crystal Lake, Illinois había decidido tomarse unas vacaciones antes de que sus hijos comenzaran el ciclo escolar. Para ello escogieron viajar en el famoso tren que va de Chicago a Nueva Orleans, el *New Orleans Special*. Dejaron a los niños al cuidado de su abuela materna con toda clase de instrucciones. Ya en Nueva Orleans se hospedaron en un hotel algo caro, a pesar de encontrarse en condiciones pésimas; pero tenía carácter, se encontraba en el barrio francés y ahí se habían alojado los *Beatles* alguna vez. Les había atraído el mito elegante e histórico de la arquitectura de Nueva Orleans, a la vez que su reputación como una de las ciudades sureñas con más abolengo dentro la música estadounidense. ¿Qué se podría uno imaginar al escuchar la música de Louis Armstrong o Sidney Bechet o los *blues* del delta del Misisipi?

El día de navidad, sin saber qué hacer, optaron cenar en el *Commander Palace*, un famoso restaurante conocido por la cocina criolla típica de Nueva Orleans. El taxi los dejó junto a un establecimiento alumbrado con gran anuncio de neón. Quedaba justo frente al cementerio, cuyas calles aledañas, alineadas con árboles sin hojas, se hallaban sumidas en total oscuridad. En las grandes casonas de arquitectura afrancesada no se percibía ni una sola luz. Gran parte de los edificios de Nueva Orleans habían sido construidos a finales del siglo XVIII bajo el dominio español o durante la primera mitad del XIX, una vez que Luisiana fue anexada a los Estados Unidos. Y aunque la ciudad asimismo muestra arquitecturas de tipo gótico, neoclásico o del período *art nuveau*, el antiguo sabor francés en muchos de sus edificios permea exquisitamente el casco antiguo de la ciudad, confiriéndole un aire recóndito.

Luego de que el *maitre'd* los dirigió hacia el salón principal de la gran mansión construida en 1893, ella comenzó a notar detalles que iban resultando sumamente extraños. Claro que el *maitre'd* era guapísimo, tanto como aquel pianista que ella hubiera escuchado alguna vez en Venecia, en la Plaza de San Marcos. Además, se le parecía en gran manera. Había una rara palidez en su rostro, un fuego en la mirada. Cuando se sentaron en una mesita circular junto a un árbol de navidad (un alto pino canadiense), se dio cuenta de que varias parejas ya cenaban. Los hombres vestían esmoquin blanco y las mujeres iban de largo. Todos ellos, así como los meseros, más que caminar se deslizaban como zombis, nadie hablaba. Se escuchaba una extraña música de fondo que producía un ajeno mareo. Todo era insólito, los platillos tenían un raro sabor a anís dulzón, y la cena se alargó durante un buen número de horas. El vino era chocantemente espeso. Era como si entorno y personas hubieran caído todos en un profundo estado de aletargamiento.

Cuando por fin salieron del restaurante les costó trabajo encontrar un taxi y deambularon perdidos largo tiempo por las desiertas calles de ese barrio enclavado junto al camposanto. Un cementerio que como todos los de Nueva

Orleans mostraba un escenario singular. Sus tumbas, ya que la ciudad está ubicada cinco metros por debajo del nivel del mar, han tenido que ser adaptadas con lápidas o criptas para enterrar a los muertos por encima del nivel del suelo. Además, un olor pantanoso y húmedo emana del subsuelo. Debido a que durante varias inundaciones de la ciudad muchos cuerpos enterrados han escapado de sus criptas saliendo a flote, se le ha dado a Nueva Orleans el sobrenombre de: *La ciudad de los muertos*.

Esa noche al volver del *Commander* y de aquella extraña cena, ella se quedó profundamente dormida hasta que comenzó a escuchar una voz masculina que le ordenaba con enojo, casi a gritos: «*¡Impale him! ¡Impale him! ¡Impale him!*». Sacudida y aterrorizada abrió los ojos sudorosa y temblorosa. Consciente de una inexplicable presencia junto a ella, paralizada de horror, volteó hacia el espejo del tocador que se encontraba al lado del lecho y ahí observó la figura de un hombre con semblante grisáceo y torturado que la miraba con ira. Tan pronto lo miró, inmediatamente se desvanecieron su voz y su figura. Asustada, como pudo, codeó a su marido aún dormido y por fin logró despertarlo. Él, tomado por sorpresa le preguntó si se sentía bien, si le pasaba algo, y ella balbuceante le explicó lo que había experimentado. También sobresaltado, se levantó, prendió la luz y le trajo un vaso de agua. Se dio cuenta de que la ventana se había abierto de repente y de que había entrado una fría corriente de aire húmedo, así que se apresuró a cerrarla. Como ya era casi de madrugada y no lograban conciliar el sueño se pasaron un par de horas intentado despejar la mente antes de levantarse. Después de tomar el desayuno en el antiguo hotel procedieron dar un paseo por la ciudad. Quizá todo esto no había sido nada más que un mal sueño, una terrible pesadilla, pero la mujer le insistía a su marido en que no había sido así y le nombraba detalles en la expresión y la figura del hombre que había visto. Dijo que llevaba un prendedor con un perla de gran tamaño y un singular rubí en la solapa del saco. Sus grandes manos de toscos dedos mostraban unas uñas repulsivamente amarillentas y sucias. Sobre todo, recordaba la ira en la voz con que la había imprecado. Se había quedado con la impresión de que se atrevería a atacarla si no lo obedecía.

¿Dónde encajar esta experiencia? se preguntaron al día siguiente. Pero por más que lo intentaron, conversando a lo largo de toda la mañana, hasta en un bar famoso por los *mint juleps* que ahí solía beber Tennessee Williams, no lograban desentrañar el sentido de lo sucedido ni deshacerse de su incomodidad. Deambulando por la ciudad se percibía poderoso el imán caribeño que trascendía desde más allá de las costas de Luisiana. Se adivinaban cerca las costas de Veracruz, las islas de Cuba, Puerto Rico, República Dominicana / Haití, y el cuerpo intangible del Caribe; universos vibrantes de conjuros desconocidos. Ya no quisieron alojarse en el mismo hotel aquella noche, ni tener que buscar otro, por lo que decidieron tomar el tren de vuelta hacia Chicago esa misma tarde.

La conjetura de Grundy

Supe del manuscrito cuando tenía quince años. Mi padre, en su lecho de muerte me lo reveló. El manuscrito se encontraba escondido en un baúl metálico con florilegios amartillados en bronce, oro y latón, tradicional de algunas regiones del Bósforo. Lo había enterrado en un bosque, junto a un alto abedul. Lo recuerdo muy bien; enjuto, emaciado, con el ceño fruncido de dolor, mientras entre quejidos me iba explicando lo que sería su última voluntad. Le había pedido a mi madre y a la mucama que nos dejaran solos.

La ventana se encontraba entreabierta y por entre las cortinas blancas de lino, penetraba el aroma de los limoneros, los naranjos y los manzanos que mi padre había sembrado con gran cuidado cuando yo era niño. Yo ya sospechaba que algo de gran trascendencia ocurriría, pues la noche anterior mi madre me había dicho antes de irme a dormir, que mi padre quería hablar conmigo a solas, que desafortunadamente le quedaba ya muy poco tiempo de vida y deseaba dejar hasta donde fuera posible varios asuntos en claro.

«Acércate hijo», dijo mi padre, apenas me vio asomarme por la puerta. «Siéntate aquí», enunció en voz débil, señalando la orilla del lecho. Impresionado por el aspecto que presentaba mi padre, conmovido por su respiración entrecortada, me acerqué. Intentaba mostrarme fuerte, no mostrar la profunda tristeza que como un témpano embargaba mi pecho.

Fue en esa ocasión que me habló del manuscrito. Dijo que le había sido legado por su padre y antes de él por su bisabuelo y así por varias generaciones, hasta remontarse a lo orígenes del antiguo imperio otomano. Nuestro antepasado había sido uno de los científicos más preciados en la corte de Astartuk, sin embargo, había dejado un manuscrito que nadie en aquella época había podido descifrar. Ahora era cuestión, según mi progenitor, de transcribir esos números y fórmulas apenas legibles en papel común y corriente y presentarlo ante cualquiera de las universidades de más prestigio. Por supuesto, yo tendría que estudiar matemáticas para conocer en algo el significado de aquel manuscrito, pero no era necesario que lo entendiera por completo para presentarme con él, una vez obtenido mi doctorado, a Gottingen o a la Sorbona.

Mis oídos no lo podían creer, ¡mi padre me proponía sobrellevar un equívoco, hacer pasar aquel manuscrito con sus números indescifrables como míos! ¿Y era esta su última voluntad? Algo dentro de mí se disolvió en amargura. Miré a mi padre compadecido, *le seguiré la corriente y callaré*, pensé, y le prometí que buscaría el baúl del que me hablaba, que lo mantendría en lugar seguro y que lo haría llegar a la próxima generación. No podía creerlo, que así porque sí le hubiera prometido a mi padre que estudiaría matemáticas. A mí siempre me habían llamado la atención la química, la biología, las ciencias naturales, mucho más que la ciencia pura y la teoría sin una propuesta empírica.

¿Que iba yo a saber que algo similar se fraguaba en un pueblecillo en los alrededores de Bratislava? Ahí, otro niño recibía casi las mismas instrucciones. No fue sino hasta esa famosa conferencia en Dresden, muchos años después, que, en un seminario sobre las teorías computacionales aplicadas a entender el pensamiento del ser humano, en especial cómo es que la mente repasa experiencias vividas con anterioridad, que me di cuenta de que no era yo el único que parecía sentirse un tanto incómodo entre aquel grupo de grandes luminarias en la matemática computacional y entre tantos investigadores de la Inteligencia Artificial.

Un profesor de la universidad de Ohio, de apellido Petrov, se levantó lentamente cuando llegó su turno e hizo una exposición sobre: *Los cuernos algorítmicos; la toma de decisiones desde una base de información contradictoria.* No lo podía creer; esa era también una de mis áreas de estudio y aquí se encontraba este pesado *científico* adelantándose a exponer sobre lo que yo llevaba años asimilando. Lo miré de reojo, no queriendo delatar el enojo que me agobiaba por dentro. Concentré mi mente en los fractales que ofrecían las ramas del árbol que alcanzaba a ver desde una ventana en la sala de conferencias.

Obviamente presenté mi ensayo sobre la misma área de estudio, pero con un título algo diferente (gracias a Dios); mi conferencia se titulaba: *Sistemas algorítmicos: 'Cuernos sobre cuernos'*, y había dejado fuera lo de la información contradictoria. Me reponía del esfuerzo de acomodar el proyector para ilustrar con diapositivas desde el *PowerPoint* en mi computadora portátil mientras endulzaba una taza de café, cuando se acercó Petrov. «Estimado colega, me doy cuenta de que trabajamos casi exactamente sobre el mismo tema de investigación, cuénteme algo sobre sus comienzos en el campo de la matemática computacional», dijo. Y no sé por qué obras del destino se me salió decir: «Había un baúl…» (cosa que ¿quién había de creer?). Petrov me miró sobresaltado o sorprendido, como si alguien lo hubiera encontrado *in fraganti*. «¡Un baúl!», repitió. Con una palidez enfermiza comenzó a contarme cómo, hacía ya muchos años, su abuelo, antes de morir lo había llamado para explicarle que se hallaban algunos manuscritos enterrados junto a un árbol muy grande en cierto bosque de Bratislava y que sus fórmulas indescifrables le habían sido legadas a la familia hacía ya varias generaciones. A él le tocaría estudiar matemáticas para intentar descifrarlas algún día. Claro que, copiadas en papel común y corriente, esas matemáticas indescifrables le habían alcanzado el puesto que hoy ocupaba como jefe del Departamento de Matemáticas Computacionales en esa importante universidad de Cincinnati.

Sorprendido ante aquella inverosímil confesión y con las piernas temblando, le pedí me describiera las fórmulas y le solicité me diera algunos detalles. Sí, era la misma Z, en el sitio correspondiente a la formula de la parábola. La descripción de la prueba, era tal como la tenía yo representada en mi propio manuscrito. Comparando notas, caímos en la cuenta de que aquel esotérico manuscrito tendría que haber sido escrito por algún ancestro nuestro en común y que se tendrían que haber hecho dos copias. ¡Cuando menos! ¿Habría otros colegas, con similares historias qué contar en aquellas famosas conferencias de Dresden, Harvard o La Sorbona?

Prestaciones para desempleados

Las oficinas del Departamento para Seguridad en el Empleo se encuentran sobre la calle de Lawrence. Había que presentar el formulario antes del 21 de enero. De otro modo, el monto de compensación no coincidiría con el que el empleado gubernamental había indicado era el correcto. Regina había confundido la fecha de inicio del puesto de medio tiempo y la discrepancia podría ser considerada *fraude*.

Sí, ese día frío de invierno, con hielo cubriendo las banquetas, le causaba un entumecimiento de los tobillos y que le ardieran las mejillas y las sienes. Por eso, se acercó el vaso de café recién comprado en la tienda de autoservicio a los labios y dio gracias a Dios. Era un café con sabor a sal de invierno.

Al abrir las puertas del edificio se encontró ante una gran sala en la que ya había unas cien personas sentadas en desgastados asientos de plástico. El sitio era llano en su arreglo. Más allá de la sala de espera se veían varios escritorios apilados con papeles ante los que los oficinistas demacrados de la agencia gubernamental hacían frente.

Una dependienta le dio un boleto con el número 63 escrito en letras rojas. Cuando se sentó, cayó en la cuenta de que una voz que provenía desde alguna esquina del recinto llamó a quien tuviera el número 10. Sí, serían 3 o 4 horas ahí, pero qué se le iba a hacer. Necesitaba recibir esa pequeña ayuda mensual ahora que había caído en el desempleo. ¿Cuándo iría a obtener empleo de nuevo? No lo sabía. El Estado de Illinois estaba a punto de quebrar. En la universidad estatal ya se habían anunciado cierto número de días sin salario para el personal administrativo y docente y habían llevado a cabo tantos otros despidos. Era bien sabido que la academia se había ido deteriorando debido al aumento de personal administrativo junto con salarios excesivos. Casi 75% de todo el profesorado universitario en Estados Unidos era contratado como personal *contingente*. Poca seguridad laboral, paupérrimas prestaciones.

Cuando por fin le llegó su turno, tuvo la suerte de que el oficinista que la atendió se portara de lo más amable con ella. Resultó que no era el típico burócrata que mira con enfado a cada cliente que le solicita sus servicios. Este, por el contrario, desde su modo de vestir sencillo, pero de buen gusto, denotaba refinamiento y educación. «Nosotros impartimos talleres a quienes buscan trabajo los días martes y jueves». «Gracias», dijo ella, arrebujándose en su abrigo negro, y agregó, «espero que la economía mejore... el gobernador no tendrá otra opción que aumentar impuestos a cierto segmento de la población que percibe un salario más allá de los 200 mil dólares. También tendrá que pedir prestado, aunque claro, la valoración de confiabilidad para la inversión que los economistas otorgan al estado ha decaído considerablemente».

James, que así se llamaba el oficinista gubernamental, en su camisa color lavanda y su cárdigan de lana gris, asintió contestando: «Sí, el gobernador ya pidió prestado hasta este mayo, ahora lo que está en juego es el presupuesto para el año entrante, pero con la elección, su atención estará en ganar. Los políticos son de lo más egoísta, lo que más les importa es su puesto y acaparar poder». «Cierto», dijo Regina, que había quedado desempleada sin causa por una jefa envidiosa en el departamento de Humanidades. Luego continuó: «Sí, pero si los políticos y gobernantes de este país no planean y hacen propuestas estratégicas, si no se reúnen con los varios sectores para dar seguimiento a planes pragmáticos, los Estados Unidos decaerán. Ya China inauguró el tren más rápido del mundo, sobrepasando a Francia. Además, China controla gran parte de la deuda externa de los Estados Unidos». A lo que James contestó que China ha de emplear ese poder cuidadosamente porque también le afecta lo que sucede en la economía tanto de Estados Unidos como de la economía mundial.

James parecía seguirle la conversación, como si no quisiera dejarla ir, fascinado con la conversación sobre Humberto Eco. Las tachas de *herejes* a los franciscanos de la edad media, por el hecho de elogiar a la pobreza como un *regalo*, lo que por supuesto constituía un privilegio para todo aquel que abusaba de los pobres para engrandecerse. Ricos, pobres de espíritu, de algún modo un fracaso en medio de la grandeza material. James deseaba continuar la conversación sobre los métodos estalinistas y faltos de criterio que se empleaban tanto en el ámbito corporativo como en el universitario y gubernamental. «Es que los sindicatos han perdido poder», decía. «Hace años, aquí cerca en Indiana, en una de las acerías, cuando los trabajadores protestaron las pésimas condiciones laborales, la policía llegó y se fue contra los manifestantes, disparándoles y matando a varios de ellos. Me lo contó mi padre que trabajaba en la industria del petróleo y viajaba por aquel rumbo».

Regina, que se disponía a irse, porque ya casi era hora de impartir clase en el nuevo puesto temporal, se movía en su asiento, preparándose para levantarse, pero James le hacía otro comentario sobre los puestos de trabajo y le mostraba en la computadora la página gubernamental donde podría encontrar empleo. Los había en Agricultura, en Seguridad Nacional, en la Agencia de Ayuda para Desastres Naturales, en la Agencia de Inteligencia, en el Departamento de Defensa, en la Agencia de Transporte Público y varias otras. A Regina le sobrevino un mareo, ¿no habría que demostrar *experiencia* como en los otros varios puestos que había solicitado?

Ya llevaba más de un año en la búsqueda de empleo. Pronto habría que contactar al banco. ¿Perdería su modesto condominio? El puesto de medio tiempo en la universidad solo le permitiría sobrevivir hasta mayo. Era una mujer que ya circundaba la edad madura. A ella, que siempre se le había antojado ser una abuela de cabello blanco, en indumentaria morada, chaqueta a lo James Dean con aretes de plata o una digna mujer arropada en lino blanco junto al mar, se le escapaban las horas en una incertidumbre devoradora. O terminar como una loca desdentada, desatendida del tiempo, perdida en circunlocuciones de palabras, en el verdor de las hojas, los árboles, las raíces, en el húmedo olor de la tierra misma.

James escribió un número de teléfono en una tarjeta y le dijo a Regina que si deseaba más información, que no dudara en llamarle. Ella respiró con alivio, deseosa de salir de ahí y beber el café ya frío que había comprado de paso en el *McDonald's* de la calle Lawrence antes de llegar al Departamento de Seguridad en el Empleo.

Dicotomías y algoritmos. Diapositiva

Ella era pequeñita de estatura, cabello negro al hombro. Su palidez reflejaba una tez translúcida. Él era más alto que ella, de estatura mediana. Habían llegado a la ciudad de los vientos hacía veintitantos años, estableciéndose en el barrio de Ravenswood. Este barrio de media clase se localiza en el centro de la ciudad y provee fácil acceso a las universidades, a la *Magnificent Mile*, llamada así por las tiendas de lujo que ahí se localizan y al *Art Institute* sobre la calle Michigan. Su condominio se encontraba en un edificio no muy alto estilo *art deco*.

Ahí se afianzaron estableciendo una rutina. Él iba todos los días a la universidad, en la que por fin alcanzó el título de catedrático economista de tiempo completo. Ella se quedaba en casa, llevando a sus dos hijos todos los días al colegio. Durante las tardes, luego de recoger a los niños, tocaba el piano o componía piezas de música clásica como la gran amante de Rachmaninoff que era. Guisaba los típicos platillos de una cocina europea tradicional, adaptados a las estrictas reglas *kosher*. Las empanaditas se podían comer siempre y cuando los lácteos hubieran recibido el visto bueno del *moshiah*, (el *moshiah* certifica que las carnes y demás productos comestibles hayan sido procesados de acuerdo al ritual *kosher*).

Sí, el economista hubo de imponer su voluntad. Todo había de ser lo más auténtico posible, lo más verídico. Ellos habían de demostrar su acervado esmero, su devota disciplina. Él iba a *shul* (palabra del alemán para indicar 'escuela' que los feligreses utilizaban para referirse a la sinagoga del barrio) por lo menos dos veces por semana, antes de ir en su pequeño auto a la universidad. Además de asistir los sábados por la mañana y por la tarde a los rezos de *Mincha* y *Maariv*, también ayudaba los domingos por la tarde a encender las lucecitas del santuario principal para recordar a los ancestros ya difuntos. La sinagoga de Rogers Park era una de las más antiguas de la ciudad, pero no una de las más ortodoxas estrictamente hablando.

Los dos hijos de la pareja habían tomado las clases de religión que les habían permitido hacer su *Bar* y *Bat Mitzvah*, arropados por una orgullosa comunidad que los elogiaba como niños modelo. El rabino había consentido que la joven Anna, hija mayor de la pareja, cuidara de sus cinco pequeñitos. Cuando la hermosa Anna volvía de su nativa Belgrado todos los veranos, después de pasar dos meses en campamentos para adolescentes de media clase, los cinco pequeñitos se le subían al regazo y no dejaban de darle besos y abrazos. Por otra parte, el jovencito Michael, ayudaba a los niños más pequeños a estudiar el hebreo y era diestro en caligrafía.

La mujer casi nunca asistía a la sinagoga, excepto en los días de mayor observancia religiosa tales como *Yom Kippur* o *Rosh Hashana*. Todo lo contrario de su marido que no dejaba pasar día sin asistir y platicaba con este señor y aquel otro. La mujer se había dedicado a sus hijos, al grado de que últimamente hasta había abandonado su vocación de componer música y tocar piano. Cuando alguien le preguntaba cómo iba todo, ella respondía que cuando sus hijos asistieran a la universidad se ocuparía en algo. En algún momento le había confesado a una correligionaria: «Me gustaría trabajar pues quisiera tener mi propio dinero». Lo raro era que ya había pasado casi todo un año y ahora de nuevo se acercaban otro verano y otro otoño y nada de que se desenvolviera.

Ahora resultaba que el marido, miembro de la academia de ciencias de Belgrado se iría todo un semestre, tres meses, a una universidad alemana durante un sabático. Ella tendría que quedarse en la ciudad de los vientos pues sus hijos se irían de campamento a Vermont y no sería posible que permanecieran solos en Estados Unidos mientras los padres se encontraban en Belgrado.

El economista siempre había sido discreto en cuanto a sus comentarios sobre la política de los Estados Unidos. En efecto, tal pareciera que se hubiera prohibido a sí mismo decir mucho sobre cualquier tema. Usualmente repetía algo que ya había dicho antes. La mujer se concretó por años, a hablar sobre sus hijos y su familia en Belgrado. Llevaban puesto el mismo tipo de ropa desde su llegada a Chicago. Ella pálida de indumentaria color café o negra, él con su pantalón gris o negro, suéter de tono oscuro. Los niños sí llevaban prendas más adecuada a su edad en tonos pastel. Habían preferido socializar con un miembro de la sinagoga sobreviviente de los campos de concentración de WWII y con un señor de origen polaco, al parecer ingeniero, cuyos hijos nunca se aparecían por la sinagoga. El economista era volátil. Se le veía de vez en cuando en plática con dos señoras: una profesora de una universidad aledaña a Rogers Park y una solterona que se obsesionó con él y a la que le acomodaba una pierna cerca de la suya por debajo de la mesa. Esto hacía que la solterona se sintiera como mantequilla a punto de derretirse. Esa mujer de unos cuarenta y tantos años, de rostro algo picoteado, se maquillaba a la última, se ponía suéteres pegaditos y tacones muy altos. Nerviosilla y avejentada, se había prendado del economista. Pronto, él comenzó a huir de ella y a mostrar interés por una atractiva mujer casada.

La última vez que asistieron a la sinagoga antes de viajar a su país, el pasaje del antiguo testamento a discutir tenía que ver con los espías que se adelantan a investigar las condiciones de *la tierra prometida*. En ese texto, algunos de los espías aluden a *gigantes* que engullirán a los israelitas, mientras Josué y Caleb aducen lo contrario, indicando que es una tierra de la que manan leche y miel. Según el texto, el Todopoderoso, contrariado por lo que opinan la mayoría de los espías, diez de ellos, en contraste a lo mantenido por Josué y Caleb, demora la entrada del pueblo judío a la tierra prometida por varios años.

Durante el tercer refrigerio del sábado, el *shalosh seudot*, el rabino explica que Caleb y Josué han reportado sobre la tierra prometida sin exagerar, mientras que los demás espías no han sido capaces de superar sus temores. Concluye diciendo que un amigo a quien concierne el bienestar de su amigo, ha de ser capaz de sacudirle en alguna ocasión para intentar llevarle por el camino recto. Sin desear llamar la atención, una joven de cabello largo, ojos negros y tez apiñonada, solicita la atención del rabino diciéndole que ella tiene un comentario sobre su plática, precisamente sobre la amistad.

El rabino responde que le gustaría escucharlo. Entonces ella menciona la amistad de Jonatán y David.

La pareja de Belgrado viajará este verano a su país y luego a Israel. De regreso a la universidad, el economista, como en otras ocasiones, enviará una propuesta para que la *National Science Foundation* considere otorgarle una beca. Intenta proponer una investigación sobre: *La relación entre las dicotomías de consumo formal e informal del mercado y la nueva inteligencia artificial: cómo el uso de algoritmos en las redes sociales causa un masivo enfoque hacia productos nocivos para el medio ambiente.*

Carpe Diem, oh Iambic, oh Trochaic, oh Romantic
Full of sweet dreams, and light, and quiet breathing

Los empalagos de la sonriente

Por el puro placer de sentir el agua tibia correr por sus tobillos resecos, finalmente accedió a que el asistente de la residencia para mayores la bañara. La asistiría Andrés, lo que la incomodaba pues prefería que la aseara Raquel; entre mujeres no había vergüenza. La frondosa joven boliviana de cabello negro y mirada brillante era siempre muy cuidadosa y tenía paciencia con ella: «Ándale mamita, vamos a bañarte que te vas sentir mejor, vas a oler bonito», y la abrazaba cariñosamente. Andrés era alto, fornido y moreno. A veces andaba de buen humor y hasta cantaba en la residencia, haciendo menos aburrido el ambiente del ala este de *Atrium*, la sección del edificio dedicada al *Cuidado de la Memoria*.

Dejó que Andrés la ayudara a quitarse el suéter color marrón ya luido que llevaba puesto a diario porque le quitaba el frío, el sostén (uno de los dos que poseía), las pantaletas desechables con su colchoncillo de algodón recubierto de plástico para paliar los accidentes urinarios, sus pantalones color café con elástico a la cintura, sus calcetines negros y los zapatos con solapas de velcro, fáciles de quitar y poner. Hacía algún tiempo que no tenía reloj; el tipo pulsera se había desaparecido desde los primeros días de su ingreso a la residencia. Ya ni se lo buscaba en la muñeca donde debía estar. Andrés acababa de enjabonarle el cabello bajo el chorro de agua caliente, cuando de repente dando un traspié se resbaló y cayó. «¡Ay!», gritó asustada luego de golpearse la cabeza y quedar ligeramente recargada sobre la pared del baño. Su expresión pasó de mostrarse desorientada y asustada a sonreír apenada. «¡Ándale, ayúdame a levantarme!», le dijo a Andrés con apuración. Y es que Lucía a sus noventa años de edad tenía dificultad en ponerse de pie una vez se encontrara sentada o reclinada. El asistente, con cara de morbo y burla, con la mano derecha intentó sujetarla de un brazo para levantarla, mientras que con la izquierda le apretaba un pezón. «¡Quita, no me toques!», dijo Lucía, dándole un manazo. «¡Te voy a acusar que no te estás portando bien!». Pero volvió a sonreír, agradecida de que no se hubiera lastimado la sien, sintiendo aún el agradable chorro de agua, aspirando el aroma de coco del champú en su cabello recién lavado. Últimamente esos detalles casi alucinantes le salvaban la vida: fijarse en las formas de algún animal o ángel en las nubes, las caras que veía en la gran piedra afuera del gran ventanal de su habitación, el paso de los aviones (se preguntaba a donde irían, dependiendo de la dirección que tomaran, hacia norte, sur, este u oeste). Lucía intentaba sobrevivir, ser consciente de las cosas hasta donde le fuera posible, aún en medio de este inverosímil proceso en el que la vida se iba desvaneciendo.

Pero cuando Panchita, la jefa de los asistentes le gritaba algo diciéndole: «¡Ándale, no seas floja, levántate ya!» o «¡Ya te toca bañarte, no seas cochina!», Lucía se quedaba muy callada y como si se afianzara un cerrojo sobre su alma, sus ojos brillaban con lágrimas ahogadas. Entonces se rebelaba y comía poco, no platicaba con ninguno de los otros residentes, ni bromeaba con Andrés, al que le decía que estaba como un *barrilito* tocándole el estómago, ni le preguntaba a Raquel a qué hora iba a haber *junta de maestros*. Porque cuando había reunión en el ala este de la unidad para el *Cuidado de la Memoria*, a Lucía le encantaba estar presente. Y cuando sus hijos la visitaban un domingo por mes, les contaba que había tenido mucho trabajo *con tantas reuniones* y que con tantas preocupaciones dormía poco.

Entre brumas recordaba al novio de su juventud, aquel que se la llevaba a dar paseos en motocicleta y al que a veces dejaba plantado. Muy lejanamente, en su infancia, se veía a sí misma, como si fuera en un sueño, subiéndose a un árbol de mango en el patio de su casa, diciéndole burlonamente a su madre desde arriba: «¡A ver págueme, págueme!». No sabía en qué año vivía, aún tenía conciencia de que vivía en Chicago, en un suburbio al norte de la ciudad. Al comedor de la residencia, a veces le nombraba *Sanborns* como si fuera el conocido restaurante de los azulejos en la Ciudad de México. Pero aquí era otra cosa. Sus compañeros de residencia eran en su mayoría norteamericanos, excepto por la señora Lugo, originaria de Puerto Rico con la que a veces intercambiaba cuitas; las dos a veces se quejaban del *caripelado* de Andrés, y de lo grosera que a veces resultaba Panchita, la jefa de los asistentes. El día que se hizo del dos porque no alcanzó a llegar al baño, la Panchita la regañó diciéndole que era una *marrana*, así que no solo fue lo apestoso del excremento sobre el piso del baño, la humillación de la caca embarrada sobre sus piernas, lo asqueroso que quedaron los zapatos, también fue la vejación que pasó. Nada más se quedó como varada, sin hablar, y luego de que la limpiaron y todo se quedó más tranquilo, se acostó y se echó el cobertor encima y en medio de ese día soleado, ahora a oscuras, dejó que le rodaran las lágrimas. Algo amargo dentro de sí se esparció desde su vientre por todo el cuerpo y se quedó dormida. Luego, *ya de noche* para ella, aunque decían que era de día, la fueron a traer para llevarla al comedor. Cuando les dijo con desesperación: «¡No quiero ir, tengo que hacer un pago y recoger mi cheque!», mientras se encaminaba con frágiles pasos agarrándose de delgados barandales sobre las paredes, dos enfermeras la atrajeron hacia sí firmemente, dándole a beber agua en un vaso de plástico transparente y ofreciéndole dos tabletas de *Depakote* y *Adivan*. Ansiosa, enojada y asustada, con manos temblorosas se rindió y bebió el agua con los medicamentos. En el comedor solo picoteó la comida. Cuando hacía bilis ya no podía comer. Aquí nadie sabía nada sobre los beneficios del *té de boldo* para los corajes. Aquí pura aspirina y cátsup. Y de entre sus posesiones habían desaparecido un pequeño radio, discos compactos con música de pasos dobles, tangos, tríos como el de "Los Panchos". Qué lejos se había quedado aquel programa de radio que oía todos los domingos con santa devoción: "La hora de España", donde escuchaba a "Los Churumbeles", a Andrés Segovia… ¿Dónde habían quedado piezas como "La Campanillera"? ¿Pasos dobles como "España Cañí"?

Luego, a la hora de acostarse Raquel vino y la arropó y le acarició su cabello canoso diciéndole: «¿Ya te vas a dormir mamita? Mañana te vas a levantar fresquita como una rosa, sueña con los angelitos». Por las mañanas Panchita acostumbra levantar a Lucía a las seis y media de la mañana. Le trae sus medicinas para la presión y otras dolencias y le dice: «¿Vas a desayunar? ¡Ándale, levántate chiquilla, hay café!». Y Lucía, que es muy cafetera, sonríe y lentamente, olvidada de otros detalles de su vida, del accidente de ayer cuando no alcanzó a llegar al baño, de sus hijos, de su antigua vida profesional, se levanta y comienza otro día. Aun le encantan los jardines, la música, los chocolates, su *Cinzano* de vez en cuando, el anís que le prepara su hijo cuando la lleva a su casa el día de las madres, o un café bien caliente y con azúcar.

La búsqueda académica

El director del comité de búsqueda no era exactamente bizco, tampoco era uno de aquellos melancólicos profesores que deambulan por las calles con mocos escurriéndoles por la nariz en las tristes tardes de invierno. Más bien había algo asimétrico en esa mirada tras sus gafas de gruesa armazón y una perenne humedad en su labio superior. Era un hombre más o menos fornido, ni delgado ni grueso, de cabello canoso amarillento y ojos verdes. Los toscos nudillos de sus manos denotaban en él a un ser rudo, cruel. Había desarrollado unos raros callos en esas manos de piel reseca. Su andar proyectaba una actitud pomposa y arrogante.

Doctorado por la universidad de Yale y recién divorciado, se había instalado cómodamente en una cátedra universitaria con plaza, mientras desarrollaba una doble vida, secreta y literariamente hablando, reminiscente de un yo estilo Montaigne o Borges; uno que vivía a más profundidad o superficialidad, navegando las varias capas de oscuridad en ese gran océano que es el inconsciente del *ser*, según lo dictaran las circunstancias.

Aunque no era una luminaria en cuanto a publicaciones escolásticas se refiere, en algún momento regurgitó un mediocre volumen sobre el Teatro del Renacimiento. Algunas teorías de Montaigne sobre el *ser* y *la flexibilidad*, suscitaron en la mente de este académico la *brillante* idea de quizá podría experimentar en carne propia el *fenómeno de compartimentar* su *ser*, o entresijarlo y protegerlo, envuelto entre varias *capas de privacidad*. Por raro que suene, eso era lo que se proponía. Para ello creó varias direcciones de correo digital, con el objeto según él, de *relacionarse* más íntimamente, o más superficialmente, según fuera el caso, con varios *grupos* de *amigos de la academia*. De modo que en el correo digital con la dirección *.edu* de la universidad, la comunicación giraba alrededor de asuntos académicos a resolver, por ejemplo, en su papel como profesor o editor de una revista literaria de gran prestigio o dirigente del *Comité de Políticas Universitarias*. Pero poseía otras direcciones de correo digitales, para otras partes de su yo que solo él conocía, con nombres inventados, para compartirlas con particulares que no se conocían entre sí.

Además, algo no encajaba, actuaba como un padre soltero de tres hijos, impartiendo sus clases, llevando a cabo sus actividades rutinarias los fines de semana (salía correr con unos tenis color rojo fosforescente, audífonos en los oídos conectados a música clásica), cuando en realidad esto era solo una *identidad superficial*, una que ayudaba a esconder otra identidad más *oculta*. La de un callado y solitario profesor, soltero sin hijos, perennemente corrigiendo o escribiendo artículos. En esta otra identidad vestía sacos estilo inglés y calzaba zapatos de piel negra. Tal vez por dedicarle tanta atención a esas dos manifestaciones de su *ser*, las discusiones de los textos en sus clases de literatura francesa raramente trascendían a un nivel de mayor iluminación. En parte porque los pasajes bajo discusión eran apenas contextualizados. El profesor siempre parecía estar en otro mundo y dejaba que los alumnos departieran sin él apenas intervenir para guiar la discusión. Esto causaba gran frustración entre sus estudiantes que terminaban muy mal preparados para asumir el siguiente nivel. Así lo exponían en el *rating* que le asignaban al profesor en la *Red*. Les gustaba que fuera un asiduo de la comida vegana y del *sushi* y hasta de la ópera, pero lo criticaban ásperamente escribiendo comentarios tales como que era *el profesor más aburrido de la universidad* y que era *un individuo extraño, pesado y amargado*. Luego, había otra identidad detrás de estas dos últimas. En esa otra, el susodicho docto, con el pretexto de asistir a alguna conferencia, solía darse sus escapadas a Europa para encontrarse con amantes hombres o mujeres, asimismo proclives a experimentar el mundo hedónico y libertino de ciertos personajes literarios franceses.

El tan *estimado* académico, en la primera versión de su ser, la que más simpatía por parte de los alumnos atraía, daba la impresión de ser un hombre generoso, entregado a la comunidad. Se proyectaba como un profesionista a todo dar, un tipo capaz de adoptar expresiones lingüísticas estudiantiles tales como: «¡Todos a bordo!» o «Esto chupa» o «No manches». Lo que era una conducta sorprendente en un investigador de estudios renacentistas, un supuesto *culto* académico con estudios en famosas universidades de Francia, Alemania, Grecia, e Italia.

¿Cuál era la consecuencia de este tren de vida? Este asiduo de Montaigne intentaba resolver todo asunto que se le enviara al correo digital de la universidad a toda velocidad; era una máquina de eficiencia incomparable. Sin embargo, bajo su actitud bonachona y su complexión fornida, se adivinaba otro ser demacrado, amargado y envilecido. Pero resolvía todo a su manera y como le conviniera, así fuera vilmente. Se descubrió, durante una investigación administrativa, que el profesor se quedaba con documentos que había de compartir con otros colegas cuando se hacían búsquedas para llenar las vacantes de facultativos que se jubilaban, mentía cuanto fuera necesario o destruía documentos relevantes. Su objetivo era el manipular las deliberaciones y conducir a donde él quisiera las determinaciones. En una de las últimas búsquedas académicas el comité que él dirigía, ni siquiera había recibido ejemplos de ensayística académica por parte de los candidatos finalistas. Él lo había programado así pues deseaba que *su candidato-a* recibiera el puesto. Pero a todos lograba convencer con su aparente energía profesional, su frecuente disposición a participar en los comités académicos, listo siempre a sonreír, aunque de dientes para afuera, tanto a sus aliados como a sus adversarios. A las profesoras con más rango académico y ya veteranas del Departamento, les daba masajes en los hombros cuando pasaba por detrás de ellas en las reuniones departamentales, les sonreía sugestivamente, y ofrecía darles aventones luego de las reuniones departamentales.

Con los hijos se relacionaba hasta ahí, con los colegas hasta ahí, con los amantes hasta ahí. Como en los edictos de Montaigne, había un sitio de su ser que dejaba inaccesible a todos. Esta certeza, ya comprobada y discutida por otros pensadores, la había adoptado como base de su *modus operandi*, alrededor de la cual construía una existencia que buscaba rebelarse ante el asedio sufrido por la pérdida de la privacidad moderna: todos esos teléfonos celulares, *Ipads* (o tabletas), *Facebook, Twitter, Instagram, What's App* y tantos otros tipos de comunicación en las *redes sociales* que algunos críticos sociales denominan *redes de quitar el tiempo o redes para impedir una comunicación más profunda o redes para estimular la hipocresía y la frivolidad.* De modo que algunas preguntas dignas de dilucidar en un ensayo filosófico podrían ser: ¿Qué significado puede tener una vida donde el yo se secciona en capas y algunas quedan totalmente inaccesibles? ¿Qué sucede con valores tales como la amistad, la inocencia, la reciprocidad o la honestidad en relación a las redes sociales? ¿Qué de la compleja realidad? ¿Dónde quedan la verdad y los razonamientos? ¿Qué sucede con el ser bajo el efecto de las redes sociales? Así justificaba consigo mismo su manera de actuar.

El *yo* de este docto en francés, fortuita o desafortunadamente, se difuminaba como volutas de humo. Como la fragancia de un perfume de orquídea, pimienta y almizcle se evapora en notas de nada.

Leyendo *El Zohar*

Anoche leía en el libro de *El Maggid*, que hay 13 verjas para entrar al cielo. Son doce por cada una de las doce tribus que conforman el pueblo de Israel y una más que las abarca a todas.

Leía que algún rabino preguntó a otro que por qué, si la última verja las abarca todas, las otras doce son necesarias, y le contestaba su sabio maestro que cada tribu tenía sus características. Por ejemplo, la de Rubén las suyas, la de Leví las suyas y así por ende y había que conocer las características para poder ascender y ser reconocido a la hora de acercarse a cada verja. Pero no alcancé a entender del todo el porqué de la última verja cuando me quedé dormido.

Esa misma noche también había leído que el *Nussah*, la liturgia que se utiliza en gran número de sinagogas, es la que compiló en la edad media el Rabino Luria. Lo llamaban el Ari y su liturgia contiene elementos de las liturgias *Askenazi* y *Sefardí*.

Esto combinaba muy bien con la lectura que hice hace unas semanas de las introducciones al *Zohar* por Gerson Scholem en cuanto al origen de este asombroso texto, uno de los más importantes dentro de la Cabalística y su estudio. En la reciente traducción del *Zohar* al inglés, leía que hay unas cinco categorías dentro de las que se pueden incluir la mayor parte de los textos que conforman el pensamiento de la religión judía. Entre ellos están: a) El *Pentateuco*, (*Tanach*), b) el *Talmud* y el *Mishnah* (los comentarios en el *Talmud*, basados en el *Pentateuco*), c) *Midrash* (el *Aggadah*, los comentarios homiléticos, las parábolas, y sabiduría que trasciende de la tradición oral restituida en manuscritos), d) la liturgia que hoy día en el siglo 21 es la misma que ya existía en la Edad Media, e) la *Jalajá* (las leyes derivadas de una comprensión y entendimiento del *Pentateuco*, f) *la Cábala* (con libros como el *Libro de la Claridad*, el *Sefer Yetsirah* y *El Zohar* entre otros y g) la tradición del *Mercabá* (que se refiere a las visiones del carruaje místico por el profeta Ezequiel).

Sí, recordé que la liturgia a la que hacía referencia la introducción en *El Zohar* ya había sido mencionada en el libro de *El Maggid*. Y recordando aquello fue que me quedé dormido.

El Zohar fue un texto que surgió en el siglo 12 en la España de la Edad Media. En esa época habían florecido grupos de rabinos importantes; los de Burgos, los de Castilla y los de Gerona. Se decía que *El Zohar* había sido escrito por más de un autor, luego que no, que seguramente habría sido su autor principal Moisés de León pero que quizá habrían contribuido otros autores. El caso es que *El Zohar*, cuyo título se puede traducir como *El libro del esplendor*, a través de comentarios basados en el *Pentateuco* intenta adentrarse en el hacer interno de la Divinidad. Alude al *Sefirot*, un tipo de organigrama que simbolizando un cuerpo, representa diez atributos y emanaciones de Dios a través de los cuales se manifiesta el *Infinito* a sí mismo y la creación continua tanto del reino físico como de la cadena de los ámbitos superiores: *Keter* 'Corona', *Chochma* 'Sabiduría' (ocupa el lado derecho), *Binah* 'Entendimiento' (lado izquierdo), *Chesed* 'Amor, amabilidad, misericordia' (lado derecho), *Gevurah* 'El poder' (lado izquierdo), que se equilibran por debajo y en su centro con *Tiferet* 'Belleza', más abajo y hacia el lado derecho *Nusach* 'Victoria' y en el lado opuesto *Hod* 'Esplendor', estos dos equilibrados más abajo y hacia el centro por *Yesod* 'Fundación' y más abajo y hacia el centro *Malchut* 'Rey'.

Saqué los libros de Scholem, y la traducción del *Zohar* por Matt (la edición Pritzker) de la biblioteca, y renové su préstamo varias veces durante casi quince meses. Pero resulta que agobiado con otras tareas me hallé con poco tiempo para prestarles todo el tiempo que hubiera querido y por fin se llegó el día de entregarlos, un 26 de octubre, justo en medio del otoño, cuando las hojas de los árboles se hallan en sus más encendidos amarillos, naranjas, y rojizos. Me entristecía cada vez que había que devolver algún volumen antes de poder indagar más en él. Sobre el tema de la Cábala había comenzado despacio, dando pasos de bebé hacía unos 20 años, girando en torno al tópico a través de varias lecturas sin haberme acercado nunca al *Zohar*. Es más, en mis estantes tenía un ejemplar del *Sefer Yetsirah*, el *Libro de la Creación*, con una introducción por Aryeh Kaplan, pero al *Zohar* solo me acerqué últimamente.

Como decidí que tendría que dejar pasar algo de tiempo antes de por fin leer el primer tomo, aquel día me levanté, me vestí, me desayuné y me fui a la biblioteca antes de dirigirme hacia el trabajo. Ya frente a la biblioteca y dentro del carro, a riesgo de demorarme algunos minutos, me dije que solo leería la primera línea de *El Zohar*. Apagué la radio que en ese momento como siempre transmitía las noticias de la BBC de las 10 de la mañana por WBEZ.

Abrí el libro, busqué cuidadosamente las páginas que no fueran ya las de la introducción y comencé a leer, y de repente ante mí sucedió algo sorprendente y realmente inesperado; fue algo indescriptible, leí la palabra *Beresh't* 'En el comienzo', y sorpresivamente, como si me encontrara ante una gran pantalla de cine y pudiera ver delante de mí una maravillosa película, comenzaron a aparecer imágenes de estrellas, planetas, galaxias, halos de materia, pilares de estrellas, meteoritos, lluvias de estrellas. Frente a mí, como si alucinara o viajara por el espacio, con las puertas de la percepción ampliamente abiertas, vi los primeros planetas y las primeras estrellas, desdoblándose ante mí infinitos cosmos. Vi las primeras nébulas e incubadoras de estrellas, los primeros ríos y océanos de nuestro mundo mientras otros se conformaban, y luego, sin que el magnífico espectáculo terminara, observé las primeras semillas, los primeros organismos y surcos húmedos de donde brotaban rosas, y observé el mismo origen de los pétalos de esas flores. Las rosas aludían al *Beresh't* y vi la primera herramienta hecha para hacer surcos por un campesino, el rocío y las alboradas de la mañana hasta que lentamente, como si despertara de un trance o una profunda hipnosis, comencé a volver en mí… Me toqué un brazo, y caí en la cuenta de que aún me encontraba en mi automóvil, y me miré en el espejo retrovisor. No me veía pálido, ni me había acaecido algún dolor de cabeza. Solo me di cuenta de que momentáneamente, pero por un tiempo que había parecido una eternidad, perdí la consciencia de mí mismo durante aquel arrobamiento. Fue como si mi cuerpo hubiera estado ahí, pero sin que ni mi alma ni mi consciencia hubieran permanecido en el entorno. Comprendí que habría que entregar los libros y que no podría leer más aquel día, que no sería apropiado ni oportuno leer más, cuando tan extraordinario y por demás asombroso espectáculo se había manifestado ante mis ojos. Quedé totalmente exhausto y sin explicación lógica sobre lo que había experimentado.

Y hoy hago estas reflexiones pues anoche tuve un sueño muy raro; no sé exactamente por qué, pero creo que de algún modo se conecta con mi experiencia sobre *El Zohar*. Soñé que me hallaba en un cámara con cortinajes oscuros por todos los lados, pero de repente se me ocurrió recorrer uno y vi ante mí la más maravillosa vista del mar en un día agradable y soleado. No solo eso, sino que olí la brisa marina.

Los números, las palabras, el engranaje de las cualidades o emanaciones del *Sefirot* nos brindan quizá un vislumbre del *Infinito*. Pero para mí aún perdura el misterio de la materia misma, y me aún pregunto cómo es que existe algo a lo que llamamos metal o tierra o níquel, que podemos tocar y sopesar. ¿Cómo es posible que pueda llevarme una cuchara de metal a la boca para saborear un sorbo de sopa o bailar o gozar una obra de arte? ¿De dónde provienen las piedras? ¿Cómo es que cada piedra es diferente? ¿Qué sostiene a las galaxias, a los sistemas solares y a los mundos en sus lugares? ¿Cómo es el movimiento de las entidades cósmicas? Es por eso que continuaré estudiando física. Acabo de enviar mi dossier a la Universidad de Princeton, lo mismo que a otras. Me interesan los hallazgos sobre esas partículas que parecen no poseer carga eléctrica, tal como pronosticara

Ettore Majorana, aquel científico que enunciara la teoría del fenómeno y luego desapareciera cuando viajaba en barco hacia Nápoles. La teoría de la materia y la antimateria… Un soplo divino… Y pensar que el universo se hace y se deshace todos los días y nuestro pensamiento lo piensa y se piensa, y nuevos entes cósmicos y estrellas aparecen y desaparecen continuamente. Quizá sea un ingenuo balbuceante, pero no lo puedo evitar. Aquí me encuentro anonadado cada día, observando el paseo de la brisa sobre las olas, el viento entre la hierba de los prados, el vuelo de las nubes.

Eugenia

Era una colega dedicada, de maneras recogidas y levemente seductoras. Con ahínco transmitía el conocimiento de la literatura española y latinoamericana a decenas de alumnos en las universidades de Illinois, Wisconsin y Massachusetts.

A pesar de ello, cuando llegó la nueva jefa, una tipa vulgar que se carcajeaba como una cualquiera, y se nombró a un nuevo decano, un hombre con porte de agente nazi, a Eugenia se la envió a la oficina del sótano, ya de por sí oscura y sin ventanas, y poco a poco, se la fue destituyendo de sus responsabilidades. A causa de una obsesiva envidia entre la jefa y el decano, pues era obvio por sus miradas cómplices en las reuniones departamentales, que se sentían amenazados por el talento y brillantez de su excepcional colega, ambos académicos se encargaron de hacerle la vida de cuadros. Se reunían en cuanto había oportunidad en la semioscuridad de sus oficinas a puerta cerrada, fraguando artimañas, haciendo hasta lo imposible con tal de destruir su carrera. Su saña era tal que Eugenia se cuidaba mucho y miraba con recelo hacia todos lados cuando se encontraba en el edificio para aparcar autos, al que llegaba todas las mañanas cuando aún no amanecía. *Me pueden hacer algo, ¿alguien recuerda hoy a Miguel Hernández, a Federico García Lorca, a Miguel Hernández?*, pensaba. ¿Qué iban a saber la jefa y el decano lo valioso que era la lírica del cono sur, como la de Chabuca Granda o Violeta Parra o Dolores Pradera, por ejemplo, o que compositores poetas como Sabines y Serrat se pierden en el olvido para sus alumnos?

Habría que proponer una nueva publicación literaria, se decía Eugenia. Agotar el silencio gota a gota en un grito. Desde la nada binaria hasta la detonadora energía en el derramamiento de aguas caídas a chorros, líquidos y celestiales. Habría que ser muy cool con los estudiantes, pero eso ya lo había hecho, como aquella vez que se reunió con los alumnos para ver la película *Frida*, y luego fueron todos al *Tapatío* a saborear antojitos mexicanos y a comentar la vida de Diego Rivera y Frida Kahlo. Y ni por esas. Eugenia había sido víctima de la corrupción en la academia. Algo que les había sucedido a muchos otros antes de que ella apareciera en el terreno. *¿Alguien recuerda a Giordano Bruno?*, a veces pensaba. Ni siquiera porque en sus clases los alumnos habían aprendido algo sobre los boleros, los danzones, la cumbia, el tango, y hasta a beber mate. Todo entretejido con gran literatura.

Después de perder el puesto injustamente, había tenido que cancelar las cuentas de gas, de luz, del *Internet*, de las revistas literarias que recibía mensualmente, hasta del *New Yorker*. Se quedó con los pagos esenciales, tales como la hipoteca del condominio que costearía a partir del seguro de desempleo. Pagaría con esos fondos así mismo el seguro del automóvil, el médico, y el costo de los alimentos. Había dejado vencer su membresía en el Museo de Arte, y se transportaba en su bicicleta, utilizando lo menos posible el automóvil.

¿Qué fue lo que le sucedió a Eugenia para colmar el plato?

Además de quedarse sin empleo y verse forzada a mudarse de su condominio (temporalmente se había ido a vivir a casa de una amiga), un día yendo a impartir la clase de español, la que a modo casi caritativo le habían ofrecido en un City College, un jueves a las 7:50 de la mañana, tomando por la rampa de la avenida Central, intentando confluir con el tráfico de la carretera US 41 hacia el sur, su vehículo sufrió una significativa falla mecánica que la hizo perder el control. El auto salió disparado hacia la izquierda y se fue a estrellar contra la pared de contención que divide el viaducto. Intentó controlar el vehículo en medio del pánico en lo que fueron instantes, hasta que el auto por fin se detuvo, dándole un doloroso jalón al cuello. Se dio cuenta de que había virado 360 grados, de que su pie permanecía anclado sobre el freno y que del carro emanaba un fuerte olor a hule y aceite quemados. Habían sido todo un cúmulo de catástrofes. Sin embargo, no sufrió contusiones mas que algunos golpes en la cadera izquierda y una leve laceración del brazo en el mismo lado. El que saliera virtualmente ilesa fue un milagro.

También era verdad que por aquellas fechas su madre no se encontraba bien de salud. La última vez que se reunieron parecía haber perdido la cabeza. Con frecuencia se quejaba de que un hombre con una niña en la pared del baño se le quedaba mirando mientras se bañaba y se enjuagaba la vagina, y ella les gritaba enojada: «¡Qué carajos le quieren ver a una vieja! ¡Vayan a ver a su puta madre!».

¿Y qué más? Dos tíos de Eugenia padecían una serie de dolencias. El que había sido transportista de caña de azúcar, se encontraba internado en un hospital de Córdoba con un cáncer de próstata. Y había falta de equipo y de medicamentos.

El otro tío se encontraba en diálisis agonizando debido a una diabetes crónica. Y desde Estados Unidos ¿qué podría hacer? no había mas que enviar algún dinero por medio de *Western Union* o algún otro medio. Así se daban las remesas que enviaban los inmigrantes de México u otros países latinoamericanos a sus países de origen. Muchos se habían venido a los Estados Unidos a trabajar en las cosechas, en la construcción, en restaurantes, en los ferrocarriles o en las residencias para cuidar ancianos y varias otras labores.

¿Leía Eugenia durante estos días de penumbra y zozobra? Últimamente un libro de Dyson sobre cómo se había fundado el Institute for Advanced Studies de Princeton, cómo Johan Von Neumann había sido uno de los pioneros en el desarrollo de las primeras computadoras junto con brillantes cerebros como Turing, Bigelow y otros más. Hoy, en el siglo 21 ya están implantando *microchips* en el cerebro. *Ya la mente humana se comunica directamente con las computadoras, con la inteligencia artificial; aún así el Covid 19 ha apagado la vida de millones de seres en el mundo y nuevos patógenos habrán de emerger*, pensaba Eugenia. Pero a este tipo de jefas y decanos lo que les importaba era acomodar a sus parientes y amiguetes en universidades en las que ellos laboraban. A la esposa del decano le habían dado un puesto de enseñanza en el Departamento de Comunicaciones, y al esposo de la jefa lo habían entrevistado para un puesto de planta en el Departamento de Historia.

¿Qué será de la academia universitaria en el futuro con la corrupción que la acaece? ¿Qué será de la especie humana en el futuro?, frecuentemente se preguntaba Eugenia. Por lo pronto tendría que comenzar a enviar su dossier a las universidades.

Pero era muy difícil conseguir un empleo académico que pagara lo necesario. Más del 75% de los profesores eran personal *contingente*, o sea que no tenían derecho a ningún tipo de prestación. La gran mayoría eran peones errantes. Los profesores de Humanidades eran los peor pagados. Eugenia se decía que, si las cosas llegaban a peor, haría como aquella profesora de literatura inglesa en la costa este de los Estados Unidos, que, al no poder pagar la renta, se había ido a vivir en su automóvil, y se estacionaba junto a un *Wal-Mart*. En el baño del almacén, ahí mismo se lavaba los dientes y aseaba las axilas.

Ya contaba Eugenia con un *plan B* en caso de que la situación empeorara. Recordaba cómo, una vez dada de alta de la sala de emergencia luego del accidente, había ido a La Única (un mercadito de abarrotes latinoamericanos sobre la calle Devon), donde compró una papaya imperial y unos limones y se los trajo a la casa de la amiga con la que estaba viviendo. Ahí lavó y cortó la papaya para comerla, y luego prendió su computadora portátil donde buscó en *YouTube* melodías interpretadas por Eliades Ochoa y Compay Segundo. Así que escuchó *Mi cafetal, Lágrimas negras, Chan Chan, El Carretero...*

La otredad que no soy yo

Los fines de semana se les veía salir en sus bicicletas con la indumentaria típica de los ciclistas profesionales. Iban a toda velocidad, las manos fuertemente aferradas a los manubrios. Eran la típica y más que ordinaria pareja *bien*, de uno de los suburbios de más prestigio en la costa norte de Chicago, junto al hermoso Lago Michigan.

La familia del marido poseía una fábrica de cajas de cartón; todo tipo de tamaños y formas para agilizar la paquetería. La mujer coordinaba la piscina del centro recreativo de Highland Park. Ella decidía los horarios en los que habría carriles disponibles solo para adultos, cuando se impartían las clases de ejercicio aeróbico para los mayores de la tercera edad o cuando había nado abierto para los padres y sus críos.

Fue a través de algunos detalles que los vecinos de junto se fueron dando a conocer. Una mañana, el marido se presentó a nuestra casa alarmado pues resulta que, durante su salida habitual de los domingos por la mañana, su esposa se había caído y fracturado la muñeca. Mi mujer intentó calmarlo, preguntándole si ya habían recibido ayuda médica. «Sí, en cuanto se cayó la llevé a emergencias en el hospital de Lake Forest. La radiografiaron, la operaron y le pusieron un sujetador de metal en la mano», dijo nervioso. Yo quise tranquilizarlo y le ofrecí un trago de whisky que rehusó dándome las gracias. El comunicar su malestar pareció cambiar su estado de ansiedad en uno de confianza. Esa misma tarde mi esposa dejó en su buzón de correo una tarjeta para su esposa deseándole una pronta recuperación. Y nos pusimos a sus órdenes para ayudarles en lo que pudiéramos durante esos días difíciles. Pero en realidad, no se volvió a hablar del asunto.

Me viene a la mente otra ocasión en la que el vecino tocó a nuestra puerta. También venía alarmado. Aquella vez, una gran ventisca había caído y el peso de tanta nieve (de la mojada, porque hay una que es más seca) había doblado los arbustos que delimitan el borde entre su casa y la nuestra y los habían inclinado hacia su propiedad. El vecino se hallaba muy enojado porque decía que yo no había recogido la nieve a tiempo y que ahora nuestros arbustos habían caído sobre los suyos y los habían arruinado. Yo traté de bajar la tensión y le recordé que la nevada había sido avasalladora, que no tenía más que ver a lo largo de la calle para darse cuenta de que aún nadie había salido a limpiar las vías de acceso para los autos, ni habían pasado las barredoras de nieve. Más aún, la temperatura se encontraba varios grados bajo cero *Fahrenheit* y el vecino hablaba a través de un cubrecara, con guantes gruesos, hechos para los climas más gélidos. Yo me congelaba, hablando con él a través de la puerta entreabierta por donde se colaban las briznas de nieve, y el suéter de casimir y la bufanda de lana que había alcanzado a enrollarme en el cuello no cumplían los mínimos requisitos para protegerme de la frialdad, que estaba seguro, iba a causarme un tremendo resfriado. Invité al vecino a tomar un trago, pero se rehusó; en su lugar se alejó murmurando no sé qué invectivas y yo me quedé en ascuas totalmente sorprendido y decepcionado. Dentro mío repasé los argumentos que le había ofrecido para decirle que los arbustos recobrarían su forma una vez llegada la primavera, que la nieve se derretiría cuando la temperatura subiera más allá de los 32 grados *Fahrenheit*, pero no, no hubo ni una pizca de comprensión por su parte. Se alejó refunfuñando que ya pagaría yo por los daños a sus arbustos.

Luego de dos años más o menos sin dirigirnos la palabra, un día de primavera que él se encontraba plantando unas flores en su jardín, mi mujer lo saludó amablemente. El vecino la miró sorprendido, pero le contestó el saludo. Más adelante, yo me encontré un día a la esposa del vecino en el supermercado que nos quedaba cerca y la saludé. Ella respondió amigablemente e intercambiamos naderías sobre el estado del tiempo. Parecía ser que se había roto el hielo. Así que un día que el vecino se encontraba llevando y trayendo unos tubos de plástico y varias cubetas, y que yo me encontraba recogiendo hojas y herbazal en mi jardín le pregunté que cómo le iba y me dijo que bien, que se encontraba haciendo cerveza artesanal. «¡Ah!, ¡qué bien!», le respondí, y por ahí entablamos una conversación sobre las cervezas artesanales que se producen en el vecino estado de Wisconsin y aquí en Illinois. Y en efecto, una vez embotellada su bebida artesanal, nos convidó. Yo probé la cerveza, tenía un sabor a nuez y a vainilla. No estaba mal y le aprecié el gesto, regalándole en otra ocasión, un par de botellas de cerveza que habíamos traído de uno de nuestros viajes a Door County, al norte de Wisconsin. Nunca le pregunté qué le había parecido, pero supongo que también apreció la atención.

Hace más o menos un mes. Un día que me encontraba

cortando el pasto, me confió que él y su mujer habían decidido vender la casa y se mudarían a Colorado pues ya se jubilaban. Siempre habían gozado de los deportes al aire libre, pasando temporadas en Boulder y otras regiones boscosas del Cañón del Colorado. Yo simplemente le deseé lo mejor a él y a su familia y no se dijo más. Sabíamos que tenía un hijo y una hija adultos. A la muchacha una vez la vi con otra chica en un automóvil. Supe que la madre la había ayudado a obtener un empleo en el Departamento de Parques de la ciudad de Highland Park. Con respecto a su hijo no sabíamos nada. Después de tantos años de ser nuestros vecinos en realidad nunca supimos mucho respecto a ellos o su familia.

Un día cualquiera, de pronto nos quedamos muy sorprendidos al darnos cuenta de que se habían mudado. El vecino había clavado cuatro esquís a lo largo de la barda que dividía su propiedad de la nuestra y la casa se adivinaba vacía. Esa noche, cuando me asomé a la ventana mientras cerraba las cortinas, vi asombrado cómo, cuatro espectros con figura humana se alejaban volando hacia el cielo nocturno. Pasmado me pregunté si realmente habíamos tenido vecinos o si siempre había estado ahí aquel caserón vacío. Pero ahí estaban clavados esos cuatro esquís junto a la cerca.

El día de los nombres. Entre cactáceas y hechos milagrosos

Aquí huele a jazmín; aunque no sé si sea jazmín porque me encuentro en la nave de las cactáceas en el jardín botánico de Glencoe. Hoy me siento un poco mejor, ya que al parecer se va desvaneciendo la náusea que me sobrecogió hace rato. Y me preocupó la posibilidad de exceder la dosis de potasio que me recetó la Dra. Hedman. Por otra parte, voy recuperando fuerzas luego del súbito percance ocurrido a raíz de una colonoscopía rutinaria. El mismo día del procedimiento, salíamos de la ciudad para pasar un fin de semana largo en Wisconsin, cuando comencé a sangrar masivamente. Íbamos ya en el auto mi cuñada (ella manejaba), mi esposo y yo, cuando en la carretera 94 Oeste, a la altura de Caledonia, pedí que nos detuviéramos. La *Mobil* tenía lo típico que se vende en las gasolineras; refrescos, dulces, café, perros calientes, revistas, productos enlatados, pan, gafas para el sol. Rápidamente me dirigí al baño y cuando terminé de orinar y miré el excusado me asusté pues estaba completamente teñido de rojo con sangre del colon. Sobresaltada

retorné al auto y sin decir palabra busqué en el *folder* con información de la recién hecha colonoscopía el teléfono de la doctora.

Mi esposo inmediatamente se alarmó y me preguntó si me pasaba algo, pero se quedó sin respuesta, pues otra onda motil se me presentó y me apresuré otra vez al baño. Ahora vinieron tras de mí mi esposo y mi cuñada a quienes informé que estaba sangrando y que intentaba comunicarme con la doctora Troya. No alcancé a llegar pues justo fuera del cubículo me desplomé, sintiéndome muy débil, consciente de que un gran charco de sangre se formaba a mi alrededor. El menú de las grabaciones en el número que había marcado no me permitía comunicarme con la doctora, solo alcancé a dejar un mensaje indicando que sufría una hemorragia. Mientras esto sucedía, mi cuñada tuvo la presencia mental para llamar al 911 y solicitar una ambulancia. Un buen samaritano, un ejecutivo de ventas cuyo nombre es Steve, tuvo la gentileza de pararse afuera de la gasolinera para señalarle a los enfermeros de la ambulancia hacia a donde dirigirse. Una vez llegaron, me trasladaron a una camilla, me pusieron una cánula intravenosa para proporcionarme líquidos y me colocaron una sonda bajo la nariz con oxígeno.

El hospital St. Francis era pequeño; acomodaría unas 30 camas. Cuando llegamos, alrededor de las 4:30 p.m., mantuvieron bajo monitoreo mis signos vitales en la sala de emergencias: temperatura, presión, pulso cardíaco, nivel de oxigenación. El doctor Jhan, originario de Pakistán, estaba a cargo. Después de varias horas aún no nos comunicaban claramente si contaban con un gastroenterólogo. Cada vez que preguntábamos, el doctor Jhan decía que el doctor se encontraba en camino o que estaba por salir de su oficina, pero no ofrecía certitud. Mientras, yo continuaba sangrando. Hasta el momento, solo me habían estabilizado a base de suero vía intravenosa. Después de esa espera que se me hizo eterna, que agregaba ansiedad a mi ánimo de por sí debilitado por los efectos del trauma, noté que por fin me harían una transfusión. Por supuesto, hube de dar mi consentimiento y se me advirtió sobre los posibles riesgos (síndrome de inmunodeficiencia, hepatitis y tal vez otros), pero también me comunicaron que hacían escrupulosos rastreos en la sangre a transferir y que mantenían altos controles de calidad. Realmente no se me presentaba otra opción. David, el enfermero encargado era todo un profesional. ¿Quién iba a decir que este joven era un superhéroe, capaz de medir con la precisión necesaria la velocidad de la transfusión, a pesar de sus tatuajes de águilas psicodélicas en los brazos y su cabello despuntado al estilo *punk*? Pero así fue. Me impactó mucho su dedicación.

Sobre la pared del pequeño cuarto había una cruz de madera, lo que no me sorprendió siendo que el hospital se llamaba St. Francis y supongo era manejado por los franciscanos. Mientras que el Dr. Jhan se resistía a ofrecer información precisa sobre si había un gastroenterólogo, mis caderas temblaban de frío incesantemente. Me era imposible dejar de castañetear y sentir escalofríos, así que intentando distraer mi mente del frío y del dolor, le pregunté al doctor cual era su religión. Y contestó que era musulmán, a lo que aún curiosa inquirí sobre los varios nombres de Dios en su religión y dijo que había 99 nombres. Cuando le pedí un ejemplo, dio el de *Dios de la Misericordia*. Y cuando le dije que sus padres deberían sentirse muy orgulloso por todos sus logros profesionales, asintió, pero también mencionó que le queda una deuda muy grande qué pagar por sus estudios, y le respondí que ya tendría tiempo. Como me sentí conmovida y pensé que mi vida dependía de las decisiones de aquel médico, le tomé la mano y él sostuvo mi antebrazo con el suyo y le dije que todos veneramos a un mismo Dios, que la honra a su divinidad depende en gran manera del trabajo de personal tan heroico como lo son maestros, enfermeros, doctores, policías; todos aquellos que están a cargo de mejorar la transformación de nuestra sociedad en comunidades más humanas.

Ya después de varias horas, no sé en qué momento, pero después de la transfusión, me trasladaron a una sala donde había un aparato parecido a un gran escaneador radiológico. Una enfermera me explicó que un radiólogo intervencionista me haría una angiografía para determinar el origen del sangrado e intentar detenerlo con unos pequeños resortes a los que llaman *stents*. Y así fue. Me inyectaron un líquido de contraste que se sintió caliente en mi sistema vascular y le permitió al Dr. Satel (de origen hindú) tomar varias imágenes. Dijo que venía del área de donde se había extirpado el pólipo durante la colonoscopía y que dos pequeñas pinzas puestas por la doctora Troya (para prevenir sangrado -que no se había evitado pues se habían zafado), le habían permitido localizar dos arterias cercenadas que sangraban a borbotones. Una vez que ingresó por la femoral con una delicada cánula, llegó hasta el sitio exacto y colocó los pequeños resortes (endoprótesis vasculares) en las arterias. Dijo que estos *stents* harían que las arterias retomaran la tarea de formar un coágulo alrededor de los resortes y dejaran de sangrar. En esa parte del intestino donde se había interrumpido la vascularización por parte de las arterias ahora taponeadas, se desarrollaría otra paralela. Creo que así fue pues desde el día del gran milagro ya pasaron casi tres semanas.

El doctor Satel era serio, bien parecido, de cejas tupidas. Tengo mucho que agradecer al Dr. Satel, lo mismo que a todo el equipo del Hospital St. Francis. Mi cuñada y mi esposo decidieron que era importante trasladarme a un hospital más grande, con equipo médico más sofisticado en caso de que surgieran complicaciones. Lo que se conoce como un hospital de Investigación 1 (*Research 1 Hospital*). De ese modo, experimenté por primera vez lo que se siente cuando lo ponen a uno en una ambulancia que viaja a toda velocidad, la sirena a todo volumen, el cuerpo dando tumbos cada vez que el vehículo pasa baches en vías con poco mantenimiento. Lo que sorprende considerando el aumento anual de los impuestos designados a la mejora de los caminos. Fue algo así como cuando te subes a un avión por primera vez.

El caso es que el Hospital Froedtert en Milwaukee es uno de máxima categoría investigativa. Esa noche me instalaron en la unidad de cuidado intensivo bajo la supervisión de Jasón, otro héroe y un gran profesional que checaba la intensidad de dolor cada media hora, cada hora y ajustaba las dosis de Tylenol, Oxycontin y Fentanyl. Y como mi preferencia es no volverme adicta a ningún medicamento, primero opté para que me cambiara de una combinación de Tylenol y Fentanyl a Tylenol y Oxycontin y al final nada más a Tylenol. Estuve un total de cinco días en el hospital en los que me administraron suero vía intravenosa lo mismo que potasio. Se me asistió cada vez que tuve necesidad de ir al baño o de asearme y se me monitoreó el sangrado (porque indicó el Dr. Balinas, que cuando el intestino grueso ha sostenido una hemorragia y ésta se ha controlado, aún así a veces se pone *rabioso* y sangra por su cuenta). Pero manteniendo una actitud lo más constructiva que pude, me propuse enfocarme sobre la posibilidad de que las cosas iban a mejorar, que ya lo peor había pasado.

Por ejemplo, durante el momento de la transfusión sentí algo indescriptible. Fue como si mil lengüetas de fuego fueran invadiendo todo mi cuerpo. Temblaba de frío y me dolían tanto las caderas que sentía me iba a deshacer y me calaba el frío hasta lo más hondo de los huesos. Y me encomendaba. En uno de esos momentos cuando me quitaron los anillos de las manos que ya se me hinchaban, abrí los ojos y me di cuenta de que mi hermano estaba ahí. Había venido desde Chicago hasta Franklin y al verlo sentí una gran ternura; ahí delante dándome ánimo. Lo vi moreno con sus ojos cálidos, repletos de humanidad, del buen pan que es su corazón, el mejor, y me llegó un destello de luz al alma. Era algo así como una luz que intentaba unificar todas aquellas lengüetas de fuego que ahora vendrían a ser parte de mi sangre y agradecí a todos aquellos donadores de sangre. Y mi hermano, el ingeniero en materiales siempre dispuesto a ayudar, comentó que su hijo, un joven que estudia mecánica había donado sangre y pensé: *si Dios quiere, cuando esté bien me gustaría donar sangre.* Pues veo cuanto bien se puede hacer salvando vidas.

Durante los próximos *primeros días* solo se me permitió tomar líquidos y me recordaban que era importante proporcionar un descanso a mi intestino; así que fue agua, agua con hielo y jugo de manzana y más agua. Tomé jugo de manzana hasta que detesté el sabor agridulce que me quedaba en la boca. Esas noches en el hospital y de madrugada me leí todo un ejemplar de la revista *Life* sobre el natalicio de John F. Kennedy, otro ejemplar sobre la vida de Ana Frank y un número de *National Geographic* donde leí sobre estaciones localizadas alrededor del mundo capaces de detectar eventos de tipo nuclear, sismos, erupciones de volcanes, etc., y emitir alertas. Entristecí ante las pruebas de misiles que continúan llevando a cabo algunos regímenes retrógrados, ante la falta de acciones para aumentar la limpieza de los océanos, y la débil protección ambiental del planeta. Nuestro hermosísimo, único y preciado planeta tierra.

Entre todo el personal que me atendió sobresale la doctora Joset (de origen hindú), directora de piso a cargo de los pacientes y staff médico en esa área del hospital. La doctora se portó estricta, pero estuvo muy atenta al cuadro clínico y muy alerta a los números en los reportes del laboratorio. Muy seria, morena, de ojos alegres y escrutiñadores, ojos que miran al alma del paciente. Por fin me permitió comer algo más que líquidos claros o líquidos completos (que incluían lácteos), y me dejó probar la crema de trigo que me supo a gloria, a nube, suave y sanadora.

También sobresale una enfermera de Nigeria cuyo nombre era algo así como Nwagoke, que quiere decir *Preciosa de Dios*, que luego platicó que en su país de origen su padre era ministro de una iglesia, y que tiene tres hijas y todas ellas tienen nombres con alusiones espirituales; una se llama *Plan de Dios*, otra se llama *Destino de Dios*, y otra se llama *Premio de Dios*.

Uno de los jóvenes rumbo a ser doctor se llamaba Pell Fong, y cuando le pregunté qué significado tenía su apellido, dijo que era de origen chino y que significa *ser honesto y recto en su hacer.* Se portó muy amable y platicó que le gustaría dedicarse a la investigación de las *células madre,* pero dijo que aún le falta camino por recorrer y que la burocracia del *Instituto Nacional de Salubridad* es agobiante y parece no tener fin.

Hoy por fin pude sentarme a reflexionar sobre estos hechos en la nave de las cactáceas en el jardín botánico. Me sentí acompañada y nutrida por su ser sabio que acopia las pocas gotas de agua de la leve lluvia que reciben en el desierto. Había una hermosa cactácea llamada *Barril,* por su forma regordeta y cilíndrica que tenía más de veinte años de edad y se hallaba rodeada de vástagos, pequeños barriles cactáceos. Habité el humilde y paciente entorno de las cactáceas, un entorno soleado a la vez que silencioso y solitario donde retorné a la reflexión sobre esos recién acontecidos hechos, milagrosos para mí. Ya me he reintegrado de nuevo a mi trabajo en la sección audiovisual de la biblioteca de Highland Park. Llevo una dieta cuidadosa y hago mis caminatas habituales en el jardín o por los senderos junto al lago. Las lengüetas de fuego que invadieron mi cuerpo aquel día de la transfusión lentamente se han ido integrando en mi ser. Aún no comprendo su significado.

La casa de los ancianos

Aquí en esta residencia junto a un prado verde, (al que los residentes nombran el Campo de los Venados) a la orilla del río Des Plaines, en Riverwoods Illinois, se sirven tres comidas diarias: El desayuno a las ocho de la mañana, el almuerzo de mediodía a las 12:00 p.m. y la comida principal a las 5:00 p.m.

Yo no voy a estar aquí siempre. Quiero tener mi departamento como antes y poder tomar un taxi a donde yo quiera ir. Además, aquí se llevan las cosas. Hoy en la mañana después del desayuno, se desapareció mi monedero rojo, el que tiene corazoncitos blancos. Luego quieren que me bañe cuando ellos dicen y no cuando yo quiero. A mí nunca me ha gustado bañarme en la tarde o en la noche y a fuerza quieren que me bañe en la tarde, o cuando a ellos se les da la gana.

Una mujer alta, de chongo y muy emperifollada, un día que me encontraba enfrente de la televisión grande, fue y de sopetón me arrebató el maletín color guinda, aquel con el letrero de la tienda *La Rosita*, de Waukegan, Illinois. No solo eso, sino que, aunque alcancé a sacar algunas cosas, tales como el rollo de papel de baño, mis diademas, y una bolsita de dulces, que apenas pude poner en una bolsa de plástico, pues también fue la vieja y me la arrancó de las manos. Eso me puso muy enojada y triste. Me alteró mucho y, además, ni siquiera alcancé a llamar por teléfono a mi hija, porque no podía marcar bien los números y la señorita al otro lado de la línea me decía que marcara yo de nuevo y me repetía el mismo mensaje de siempre. Estaba yo temblando por la bilis que hice, así que ya me fui a la ventana que da a un campo muy verde y me pasé varias horas sola llorando hasta que comenzó a oscurecer.

Lita Tudoreshku

Esa noche no dormí nada. Toda la noche se oían quejidos desde el cuarto que queda a dos puertas de mi habitación sobre el mismo lado del corredor. Y lo único que pude hacer fue poner el cesto de la ropa sucia atrás de la puerta, para que, si alguien quisiera entrar, por lo menos pudiera yo oír el ruido de la puerta abriéndose. Siempre vienen a checar algo… Casi siempre a las tres de la mañana. Mi vecina grita mucho cada mañana cuando la limpian los asistentes, y como es muy temprano pues ya no me puedo dormir.

Al día siguiente, le pregunté al asistente cuál era la razón de los quejidos y aunque no me quería decir, ya por fin me avisó que una residente había fallecido, pero no quiso decir quién. Fue hasta después, cuando mi hija vino a visitarme y preguntó, que le dijeron el nombre de la señora que había pasado a mejor vida. Lita había sobrevivido la 2ª. Guerra mundial, sufría de pesadillas y muchas noches gritaba de dolor y desesperación en varios idiomas. Era de estatura baja y cabello canoso. Tenia una prima (su única pariente) que venía a la unidad a donde se cuida a los pacientes con problemas de memoria como Alzheimer y comía con ella, en una mesa junto al mostrador de las enfermeras.

Salidas a pasear

Sí, ella había perdido ahí en el maletín de *La Rosita* un monedero de color rojo con corazoncitos blancos. Quién sabe a dónde habría ido a parar. También se le desapareció un par de guantes negros. Ahora su hija le había comprado otro par, lo que estaba bien pues ya estábamos a mediados de diciembre. El 13 de diciembre hubo un banquete para todos los residentes de *Burntwood North*, y una orquesta con 15 músicos de Highland Park ofreció un concierto y sirvieron cocteles y vino, hubo una cena que incluyó ensalada, arroz, verduras al vapor (brócoli, coliflor, y zanahorias), tortitas de papa para celebrar Janucá, bastante grandes por cierto, con un cierto tufo (y que alguien perdone al comensal que se quejó de ello) a orines, pollo al estilo Kiev, y lajas de carne de res al horno en su jugo (que mostraban una extraña iridiscencia anaranjada).

Algunas veces su hija o su hijo, la llevan a dar un paseo. Cuando sale, a veces piensa que va a ir al *Sanborns* de los Azulejos en la ciudad de México y le recuerdan que no está allá sino en Highland Park, y que va a ir al *McDonald's* en el que le gusta pedir su hamburguesa. A veces insiste en que se la lleven a comer a donde sirvan un buen bistec con gordito y un arroz caliente, pero pues eso, aunque sí es posible, a veces no se da tan fácilmente y hay que actuar con frugalidad. La pensión que recibe por parte del sindicato de trabajadores de la industria alimenticia, por parte del consulado de México (trabajó por treinta años de maestra), y lo que percibe por parte del seguro social, apenas da para pagar la mensualidad de la residencia de *Burntwood*.

Según las reglas que se establece para aquellos residentes que ingresan con este tipo de beneficios, solo pueden mantener para sí $30.00 dólares por mes. Sin embargo, podría comentarse que un ciudadano de los Estados Unidos que ha llegado a laborar por muchos años, que califica para obtener seguro social y seguro médico, tal vez se encuentre mejor arropado en sus años senescentes que octogenarios en otros países latinoamericanos. Las salidas a pasear incluyen un almuerzo módico y tal vez alguna visita (cuando el clima lo permite), al jardín botánico o a alguna playa de Lago Michigan. ¡Qué hermosura el cotidiano cambio de color del lago! Sonríe luminosa su mirada.

El ojo izquierdo

Qué bueno que le avisó a su hija a tiempo que veía una mancha oscura por el ojo izquierdo, lo que diagnosticó el oftalmólogo como *mácula húmeda degenerativa*. Pero por fin, después de dos meses y de haber consultado con más de un oftalmólogo especialista en retina, le inyectaron la enzima en el ojo izquierdo que puede prevenir un deterioro mayor. Aunque habían dicho que no habría corrección de la pérdida de la vista, ahora que se le preguntó cómo se sentía, dijo que veía mucho mejor, un ochenta por ciento mejor. No solo eso, se siente muy *cuca* con sus nuevos lentes estilo Sofía Loren (chequeo reciente en *Lenscrafters* del centro comercial de Northbrook, de lo que alcanza a ver). Se ha acostumbrado a ponérselos todos los días, y ya hasta ayuda durante las tres comidas a recoger los baberos de los residentes de *Atrium* (el ala este de *Burntwood*, en la que habitan los residentes con problemas de memoria).

La campánula de los pajaritos.

Ahí dentro de la gran campana hecha al parecer de un tipo de acrílico transparente muy fuerte, vuelan canarios amarillos, anaranjados, otros pajarillos azuláceos y algunos de pico anaranjado. Esta campánula se encuentra mero enfrente de la puerta de seguridad que divide la unidad de *Atrium* (donde residen los pacientes con problemas de memoria) del resto del edificio donde también se proveen servicios de rehabilitación física y fisioterapia para pacientes en vías de recuperación debido a cirugías mayores. La campánula de los pajarillos pudiera ser un universo paralelo en cierta forma, una correspondencia, o una analogía, a los residentes de Atrium, varios de los cuales no hablan, pero sí alcanzan a expresar emoción a través de sus miradas o con los gestos de sus manos. Varios de ellos se mueven con muletas o caminadoras que acomodan enfrente de su cuerpo y van moviendo conforme se desplazan hacia delante o con sillas de ruedas. La campánula de los pajaritos queda en medio de ese salón en el que también hay una salita con una gran pantalla de televisión y un sofá y poltronas confortables donde varios de los residentes se sientan largas horas. La campánula de los pajaritos queda en medio de un círculo por así decirlo del cual irradian tres corredores. Dos de estos corredores dan a las habitaciones de los residentes de lado y lado, y el corredor de en medio, directamente frente a la campánula de los pajaritos da al comedor que también tiene una salita a un lado, y sirve como sala de juegos, para leer, escuchar música y hacer ejercicios. Cada habitación tiene dos camas y está dividida a la mitad por cortinas que se pueden abrir o cerrar según se prefiera. Frente a cada cama se encuentran gabinetes para guardar ropa y cajones del residente correspondiente. Sobre la pared queda colocada una televisión a color para cada residente. Los baños en las habitaciones no tienen regaderas, solo excusados y lavabos. Dos grandes baños comunes con regaderas son de uso para todos los residentes, y los asistentes de enfermeros ayudan a los residentes a bañarse según un horario predeterminado. Algunos de los residentes tienen más movilidad que otros, y por lo tanto algunos de los residentes deben ser sostenidos y cargados hasta los asientos que se encuentran frente a las regaderas, donde los residentes son bañados por los asistentes de la unidad para el cuidado de la memoria.

Luego se vino la pandemia, y no permitieron que vinieran los familiares a visitar a los residentes. Algunos más listos, veían a sus parientes a través del vidrio de los ventanales.

Meses después de que se cerrara todo (marzo de 2019), ya casi a finales de julio, por fin hubo pruebas para saber si alguien salía positivo a la prueba de *Covid*. La esperanza es que pronto haya una vacuna. Ella se pasa los días mirando hacia el campo de los venados, resolviendo muchas cosas (como el que la gente no se porte grosera: residentes o staff; porque *de todo hay en la viña del señor*) y hay que ir a la universidad (aunque a veces se confunda y no sepa que se encuentra en Chicago, que aquí no es la ciudad de México, y que el comedor de la residencia no es el *Sanborns* de los azulejos o ni siquiera el *McDonald's*) y resolver más asuntos, y pues hay que hablar con los pajaritos, y mantener la carne fresca en el refrigerador, con ese gas que enfría la carne, y saber cómo estuvo el fallecimiento de su papá, o porqué cortaron aquel arbolito que estaba entre lo que era la carnicería y la panadería allá en el pueblito, y qué formas tienen las nubes, y que allá entre los árboles aparecen las caras de unos hombres y que en la piedra junto al gran ventanal desde donde se ve el campo de los venados se ve la cara de un hombre que yace ahí, junto a la entrada de la puerta. Y que se compró una comida de frijoles, tortillas y café. Le encanta que la visiten sus familiares y sus nietos, y la sonrisa que ofrece a través del ventanal desde donde la ven los que la quieren es memorable y única, es una mirada tierna, inocente, agradecida, nostálgica. Mezcla de alegría y tristeza, es una mirada esperanzada y fiel, verde y ambarina. Esa mirada ve profundo y comunica preciosos intangibles. Desde la campánula de los pajaritos nacen universos misteriosos.

Diarios del tren

Febrero 1

Más temprano, aún no el alba, las presencias vibran fuertemente. La gravedad atrae aún más; como esos rieles encendidos con pequeñas flamas en las más gélidas noches de invierno.

Febrero 11

Tren 329, es el de las 2:35 p.m., con dirección de Ogilvie a Highland Park.

Un alto hombre pecoso y moreno se sienta al fondo del vagón; hay algo cínico y agresivo en su actitud por lo que es mejor dar la impresión de que se le ignora. Y lo bueno es que hay unos 20 pasajeros en este vagón. El hombre, después de sentarse se levantó, bajó (estamos en el segundo piso del vagón), pareció cambiar de parecer y regresó a sentarse a donde inicialmente lo hizo. Ha sacado su celular y lo mira fijamente pero también mira hacia donde me encuentro. Cuando primero se levantó, pareció haber notado que yo comía unos cacahuates. Este vagón casi se ha llenado por completo. El hombre viste una chamarra a cuadros azules y negros; lleva un gorro de esos de borrita en color azul marino y verde fosforescente. Tiene un letrero que no alcanzo a leer, solo veo las letras IE en verde fosforescente.

Febrero 13

Hoy es febrero 13 de 2019. En la estación de tren de Highland Park. Amaneció frío, a 17 grados exactamente. Hoy en los asientos solo éramos el hombre afroamericano de la chamarra anaranjada y yo. El hombre, de unos cuarenta y tantos años, un día de sopetón dijo trabajar para la compañía *Pace* de autobuses como chofer. Siempre se dirige hacia los últimos vagones del tren. Hoy me subí al segundo vagón, pero pronto descubrí que no lleva calefacción... Es como ir metido en un refrigerador, así que me cambié al primer vagón.

Febrero 25

Son las 6:39 a.m. y hay luz. Es un día claro y ha salido el sol. Pasamos por un establecimiento llamado en español *Casa de Techos*. Otro sitio tiene un letrero que dice *Pasteles*. Me sorprenden estos anuncios en español entre todos los demás que están en inglés. El tren pasa por el barrio de Pilsen poblado en su mayoría por habitantes hispanoparlantes.

Marzo 4

-4 grados *Fahrenheit* en Highland Park a las 4:43 p.m. En el tren de *Metra* de Pacific Line - North rumbo a Ogilvie Station.

Marzo 6

En Winnetka el lunes me encontré en un tren casi fantasma; había tomado el de las 3:20 sin saber que solo llega hasta Winnetka. Luego de sentirme parte de una trama en alguna película de Hitchcock o de alguna novela de Kafka y de caminar a lo largo de varios vagones vacíos hallé un conductor a quien conté mi problema. Después de que me acercaron a la estación, abrieron las puertas y bajé. Increíble pero cierto, me había quedado sola en todo un tren, aún en estos días en que ya existen técnicas para editar el código genético: *Crispr / Cas9*.

Marzo 8

4:15 a.m., un conejito cruza saltando desde la esquina de la avenida Central a la Calle 2a. Hay dos personas dormidas en la estación del tren. Se ve una camioneta con los faros traseros encendidos en la calle de Laurel desde el ventanal. El mismo pasajero afroamericano de las otras veces que vengo a la estación espera en una banca; otro afroamericano con equipaje en la estación del tren ahora saca algo de su maleta. Se oye cómo abre el cierre de su maleta, pero soy discreta y en vez de mirarlo directamente, fijo mi atención en el reloj de la pared. Ya es casi hora de que venga el tren. El cambio climático entra en mente. ES más frío que en muchos años.

Marzo 13

Llueve, hay dos pasajeros en la estación. Recogí varias

revistas del estante para leer. A tiempo de que venga el tren a las 4:35 a.m., 6 a 10 minutos tarde debido a dificultades con *positive train control issues (asuntos positivos del control del tren)*. El afroamericano me dijo que se da cuenta que leo y le dije que sí, para mi trabajo, y dijo que qué hago y respondí que doy clase y pregunta que donde doy clase, si en la universidad, secundaria, o escuela primaria, y le dije que todas y preguntó qué materia y le dije que varias... Luego dije creo que viene el tren y se escuchó un anuncio diciendo que el tren viene con una demora de 10 minutos.

Marzo 25

Dos jóvenes con la parte del cinturón por debajo de las caderas, casi cayéndoseles, y la trusa sobresaliendo sus glúteos, suben al tren. Se sientan a lados opuestos del vagón, aunque parecen ser gemelos por su parecido. Llevan pelo largo en colas de caballo con la frente rapada. Uno de ellos usa tenis blancos y una argolla muy grande le cuelga de la oreja. Me pregunto si serán estudiantes pues están en edad de ir a la secundaria, pero no les noto mochilas. Uno le muestra su boleto al conductor. Sobre el pecho de su suéter se lee *Wilson*, Ahora acabamos de pasar la estación de Evanston y es la 1:00 p.m.

Marzo 29

Lovely. Un claro acento londinense.

Abril 1

En la estación del tren hoy encontramos que alguien había desconectado el cajero automático y la máquina automática dispensadora de bebidas. La dependienta contó que hace algunos meses alguien (tres tipos con máscaras, completamente demolieron el cajero automático y le pusieron cinta adhesiva a todo alrededor). Le digo que se cuiden ella y la chica que atiende el puesto de café. Una vez en el tren, me pareció escuchar carcajadas... Pensé que pudiera ser una alucinación auditiva hasta que caí en cuenta de que uno de los pasajeros, un hombre gordo que se sienta en el nivel inferior del vagón, es el que se ríe a solas, divirtiéndose con unos videos que ve en su teléfono celular. Riverside es la estación desde donde se nota el río. También se alcanza a ver un arroyo desde la estación de Brookfield. Parece que es el río Des Plaines.

Abril 3

El hombre afroamericano del otro día en la biblioteca lleva pantalón gris, saco negro, zapatos de piel negros, sombrero y lentes. Es alto y delgado. Lleva una maleta de esas con ruedas y otra bolsa de esas que aún usan en centros comerciales de plástico con letras. Sheril, la dependienta de *Metra* dijo que ayer este individuo también estaba ahí y que puso una silla donde no debía y atrancó su maleta en la entrada de atrás, bloqueándola, y la dependienta le dijo que no podía hacerlo y el tipo se enojó con ella. Sheril es afroamericana y de muy buen talante, aunque sean las 5:00 a.m., que es cuando abre la estación. Dice que la policía está al tanto de este hombre un tanto errático, que vivía en un edificio blanco en First Street, frente a la estación, pero que fue desahuciado de su apartamento. Hoy el cajero automático estaba desconectado de nuevo. Sheril dijo que también ayer lo notó, y que ya de por sí este mes tuvo que ir a la corte respecto a una mujer que no debería estar en la estación... No explicó más detalles... Llegaba el tren. Alcanzó a decir con una mirada resignada, *«Concerniente a la estación siempre hay algo...»*

Abril 3

El tren 1264 de las 10:35 a.m. de Naperville hacia Union Station se ha demorado hoy pues hubo que ceder el derecho de vías a un tren de carga que procedía de Fairview, y casi al llegar a Union Station, la gente se agolpaba junto a la puerta por lo que el conductor les llamó la atención y les dijo que se hicieran para atrás en un tono severo, que le dejaran espacio para maniobrar; ahí esperamos otros cuatro minutos más o menos. Luego noté que el conductor y otro trabajador ferroviario bajaron a examinar el vagón en que viajábamos. Dijo el conductor que había un problema con los *cilindros de aire*.

Abril 10

Todo regular hoy en la estación del tren. Un gran cambio de temperatura; ayer a 60 y tantos grados y hoy en los treintas. Así que habrá que ver cómo nos afecta eso hoy. La chica del *stand* puso música: *Cumbia para los desconfiados* e hizo café. Hoy esperan en la estación otros dos pasajeros hombres y una chica. El altavoz anuncia que el tren está por llegar en siete minutos. Gracias por este día.

Abril 10

Un usuario lee en su celular: *Historic Image from The Event Horizon-/- Black Hole first image.*

Abril 15

Hoy es lunes. Hay varios pasajeros en la estación de tren. Anoche vi la película *Brief Encounter* dirigida por el famoso director David Lean, basada en una novela de Noel Coward. Varias de las escenas y la trama están enmarcadas por los horarios de los trenes.

Abril 17

Hoy en la estación el cajero automático está abierto y la dependienta llama a seguridad de *Metra* para alertar sobre un robo y que vengan a checar. Rumbo acá vi una patrulla estacionada en sentido contrario cuando yo iba en dirección este, sobre Central, con las luces encendidas; hasta el día de hoy nunca los he visto durante todo el otoño o el invierno cuando me ha tocado estar a las 4:30 de la mañana en la estación del tren, o a las cinco de la mañana desde enero a estas fechas...

Abril 17

Entre los *conductor*es se aprecian varios niveles; los

hay que simpatizan con los pasajeros y los que no; como algunos maestros que intentan ayudar a sus alumnos y otros cuya decisión está tomada con anticipación y no se molestarán en levantar ni un dedo. Los varios asistentes de pasajeros llevan el título correspondiente en sus gorras: *Conductor*, o *Trainman* (hombre de tren). El Conductor tiene más responsabilidad y con señas de manos y brazos, hace saber al maquinista cuando un tren puede salir de la estación. *Metra* tiene 11 líneas en Chicago y más de 240 estaciones; se transportan alrededor de 78 millones de pasajeros anualmente. Durante el más gélido invierno que se recuerde en años, muchos trabajadores del ferrocarril mantienen las vías del tren viables encendiendo pequeñas mechas que mantienen vivas por medio de un delicado suministro de gas. Es un espectáculo asombroso ver esas pequeñas flamas entre la nieve y el hielo avivando el metal de los rieles. Muchos de los trabajadores que mantienen las vías del tren en Chicago hablan español pues son de origen mexicano u otros países latinoamericanos, o latinos. Llegan a los patios ferroviarios a las 4, o cinco de la mañana. Llevan pesadas botas y gruesas indumentarias más cascos para protegerse del frío invernal. Muchas veces se les ve en pequeñas cuadrillas en los corredores o los comedores de Union Station con sus loncheras de donde sacan alguna vianda y termos con café caliente. Se les oye bromear y reírse entre ellos, a veces maldecir, o encomendarse. Se escuchan muchos *hijos de su puta madre, chingue a su madre, qué carajos, pinche* esto, *pinche* lo otro, y se reconfortan con su camaradería y sus bromas.

Abril 24

Fue la tarde del lunes 15 de abril cuando él estrechó su mano y se presentó diciéndole su nombre, *Mark*. Desde entonces no han intercambiado mucho más que breves miradas cómplices, dando a entender que se saben conscientes el uno del otro, presentes ahí en el espacio que proveen los vagones, entre el traqueteo del tren. Él llevando a cabo su trabajo de conductor, y ella observando a los otros pasajeros, como lo es aquella chica asiática con uñas de esmalte descarapelado, de pantorrillas gruesas y pies grandes enfundados en tenis baratos. Lleva una mochila gigantesca y siempre se para junto a la escalera para bajar del tren, a modo de quedar justo en el lado por el que Mark tiene que apostarse para abrir las puertas del vagón. Mark intercambia plática con la chica, y una señora mayor que siempre lleva una bolsa de *Harrods*, se coloca al lado de la gorda asiática para escuchar la plática frívola entre el conductor y la coqueta, que parece ser estudiante pues a veces se le ve leyendo notas garabateadas antes de bajar del tren.

Abril 29

Día lluvioso, algo invernal. Los pasajeros portan sombrillas y llevan abrigo a pesar de que los tulipanes y los narcisos ya brotaron. Al conductor el viento le voló el su gorra y sube y baja del tren para haciendo las señales necesarias al maquinista y se empapa por completo el uniforme azul rey. Es en días parecidos como este cuando más aprecia esas toscas botas negras de punta de acero dura y abultada que lleva a diario, sea día frío, nublado, o soleado. La joven con la que no ha intercambiado palabra desde que se presentaron el uno con el otro, le pregunta qué pasó con su gorra pues fue en una de esas veces que volteó a mirarlo por la ventanilla, mientras sus brazos asemejaban el aleteo de un pájaro en primavera, que se dio cuenta de que en cada estación que han parado él ha ejercido estoicamente de pie bajo la lluvia. Él la mira fijamente con ojos muy azules, y le dice que un día, andando entre los trenes, su gorra se le voló. Ella conmovida, le devuelve el sentimiento en la mirada y le insta a cuidarse; luego baja hacia el andén, camina rápidamente hacia la estación, y se pierde en la distancia. Nunca lo vuelve a ver; no volverá a viajar en esa ruta del tren.

Quique Borquecho. Taxista de profesión

«¡Buenos días! ¿Pa'dónde va?», preguntó solícito el taxista estacionado en paralelo a la banqueta del *Holiday Inn* junto al paseo del río en San Antonio Texas. Tenía ojos claros, piel curtida por el sol y una dentadura desgastada. «Voy a la estación de autobuses Greyhound», respondió la mujer, algo irritada. «Sí, pero, ¿para dónde va? ¡Si somos paisanos!» dijo con tono burlón el taxista. «Voy a Dallas» contestó en tono distante la usuaria y agregó, «¿de dónde es usted?» ya más amigablemente, pensando que tal vez podría llevarla. «Yo soy de Matamoros, pero mis abuelos eran de aquí de San Antonio, también de origen mexicano, y tengo la oportunidad de hacerme ciudadano, pero no lo he hecho».

Por fin, entre dudosa y desconfiada, decidió subir al taxi, una camioneta combi de color amarillo. En silencio hicieron el trayecto rumbo a la estación de autobuses. «Primero necesito ver si hay boletos, tal vez le pida que me lleve al aeropuerto», explicó la pasajera. Cuando la dependienta tras el mostrador le informó que el siguiente autobús para Dallas no saldría sino hasta las 11:00 a.m., volvió al taxi y le preguntó al chofer si la podría llevar a la estación de tren de *Amtrak* en Austin y que en cuánto le saldría el viaje. Se le había ocurrido que tal vez ahí podría alcanzar el tren que ya había partido de la estación de San Antonio. «La llevo por $100.00 dólares», dijo el taxista y quedaron de acuerdo. Durante el trayecto el taxista le platicó que había estado en la armada de México, en donde había alcanzado el grado de sargento y que durante su estancia en el *Army* de los Estados Unidos había piloteado un helicóptero que se había estrellado en Somalia. Dijo que la gente del pueblo los había baleado y los habían tenido arrinconados a él y a otros dos. «Hasta hicieron una película. ¿No la ha visto?», preguntó, echándose una carcajada. «No, si se ve que usted ha vivido experiencias extraordinarias», respondió la pasajera.

Y como si le hubieran dado cuerda, le platicó que tuvo un camión de carga y que había viajado por muchas partes. Le preguntó a la pasajera qué pensaba del presidente electo, a lo que ella respondió que veía bien que el candidato quisiera reducir el despilfarro y la ineficiencia gubernamental, que le parecía óptimo que deseara combatir la corrupción a la vez que desarrollar la ruta del tren Maya, y construir una carretera transístmica, pero que la reforestación y el cuidado del medio ambiente debieran serle prioritarios, así como la mejora de la educación. Que no solo se les otorgara prioridad a los megaproyectos tales como el nuevo aeropuerto para la ciudad de México pero que también se construyeran las condiciones para que el país elevara su nivel de vida en los varios sectores, en medio de un entorno más tranquilo, menos violento.

Así que se dirigían sobre la I-35 rumbo a Austin, el chofer, como si quisiera continuar la conversación sobre su paso por la armada agregó, «la sangre tiene un olor fuerte, pero el tufo a muerto, ese sí no lo soporto». Agregó que de las muertes la menos dolorosa era la del *ahorcamiento* porque según él: «Se da rápido, porque sí no, vea cómo cuando atacan a alguien, lo agarran del cuello fuerte, se les enrojece la cara, y enseguida se desmayan». Y la pasajera, que sintió que se le enchinaba la piel, le respondió, intentando demostrar una calma que no sentía, que seguramente la ligadura ha de producir dolor, pero el chofer replicó que no, que él había visto: «Como un muchacho puso su propio suicido en *Internet* y se mostró doblando las rodillas apenas. Se dejó caer en una tina de baño con una sábana atada al cuello y enseguida se desmayó y ahí quedó…».

Contaba todo esto el chofer mientras se estacionaba frente a la estación de trenes de Amtrak en Austin. Cuando la pasajera fue a ver a la dependienta tras la ventanilla de boletaje, esta le indicó que el tren acababa de partir. Pero había un destello de esperanza, la dependienta sacó unas tablas con horarios y le explicó a la pasajera que seguramente podría alcanzar el tren en Temple pues estaba programado para llegar allí a las 11:15 a.m. y eran apenas las 10:00 a.m. y Temple quedaba a solo una hora de Austin. La mujer se puso más nerviosa, pues ya se había comprometido a los $100.00 dólares para que la llevara el taxista hasta Austin y no sabía cuánto dinero tendría todavía en su cuenta de banco o si el chofer la querría llevar hasta Temple. Además, la conversación del taxista ya comenzaba a más que ponerle la piel de gallina, la estaba haciendo sentir pánico, un miedo espantoso que se revolvía sobre sí. Eso que era un día soleado y que la conversación había girado alrededor de lo interesante que podría ser el museo de Lyndon B. Johnson en Austin. Ella le había dicho al taxista que ahí había una carta de puño y letra de Jackie Kennedy, agradeciéndole a Johnson sus atenciones cuando ocurrió el fallecimiento de su marido.

Volvió la mujer al taxi y notó que el chofer se había bajado y miraba con fijeza las tres maletas que ella había subido a la parte trasera de la combi. «Mire, ¿cuánto me cobraría por llevarme a Temple?», se arriesgó a preguntar la mujer. Y el taxista contestó bonachonamente: «Pues le cobro $25.00 dólares más». A lo que replicó la pasajera: «Si llego a tiempo para alcanzar el tren le ofrezco $20.00 dólares más; solo tendremos que pasar al cajero automático que está cerca de la estación de Temple para que le pueda pagar». Y así que dijo esto, se alegró de haber mal comido aquellos huevos revueltos, el yogurt tibio y aquel café negro en el *Holiday Inn* de San Antonio antes de partir. Eso sí, tenía sed pues hacía un solazo y la temperatura ya merodeaba los 90 grados *Fahrenheit*.

Subieron al auto y el taxista le comenzó a platicar que él, cuando llegó a Texas, se inició trabajando en un restaurante, pero que sus compatriotas no lo ayudaban. Según él, a veces recibía más apoyo de los norteamericanos, y se quejó: «Tus paisanos mexicanos no te ayudan... Así es la cosa, dejan que se chingue uno por su cuenta», criticó en tono lastimoso. Y continuó: «Luego en los barrios mexicanos está sucio, la gente no limpia, agarran y tiran ahí la basura donde fregados caiga». A lo que la pasajera respondió: «No sé si estoy de acuerdo con usted, yo he visto en Chicago, en el barrio de Pilsen, a los muchachos organizarse para embellecer su barrio pintando las bancas en los parques, haciendo reparaciones a pequeños edificios, plantando árboles, y hasta ayudando a las personas mayores con mandados y diligencias», «Así es...» aparentó asentir el taxista, pero siguiendo con su crítica añadió: «... Y que la gente aprenda inglés, luego quieren que todo se les entienda en español... Míreme a mí, yo hablo los dos idiomas, y eso me ha ayudado a defenderme...», se jactó. Y mientras continuaban rumbo a Temple, le platicó el chofer a la mujer que sus dos perros, el *Taco* y la *Chiquis* ya habían muerto. Dijo que la *Chiquis* había fallecido solo ayer, y se había pasado todo el día llorando, así que mejor había agarrado su taxi y se había salido a trabajar. De ahí pasó a comentar que a su última pareja la había puesto de patitas en la calle cuando ella le había dicho un día de repente: «Yo odio los perros». Enfatizó que su novia no se lo podía creer que la echara de su casa por culpa de las mascotas, pero que él no daba vuelta atrás porque según dijo con voz preocupada: «¿Qué tal si un día me envenena a mis perros la pinche vieja?».

Continuaron el trayecto hasta llegar a la salida 300, (la 301 estaba cerrada). Era notable que por todas partes había construcción. En eso, de repente exclamó el taxista en tono frustrado: «¡Chingados!, ¡me metí mal!» y comenzó a manejar por entre callecitas completamente desconocidas para la pasajera. El reloj marcaba casi la hora de llegada del tren a Temple, y aún no se acercaban ni siquiera al cajero automático de donde tendría que sacar dinero para pagarle al chofer. En estos pensamientos desesperados se encontraba la pasajera cuando notó cómo el taxista sacaba su celular y tecleaba en el sistema *GPS* la dirección de la estación de Amtrak. Pero lo que pasaba era que el *GPS* les indicaba que siguieran derecho, cuando era claro que el camino estaba destrozado debido a que había construcción y repavimentación por todas partes y que no se podía pasar. Y ella pensaba:

En la marejada
En las salinas del mar
Las tejas muy bien casadas
Con niñas y abuelas
En nubes blancas el cielo
El fin de los vientos el mar
Hablando en voces los vientos el mar...

Y oscurecido el pensamiento, en aras del vínculo el ansia. Como una corza blanca, el corazón le latía fuertemente, se le agazapaba el aliento en la garganta y le sudaban y temblaban las manos. Y la pasajera vio que se dirigían a una cerrada por donde no había salida y notó que no había gente por ninguna parte en esa calle desolada, con casitas a lado y lado de la calle. Y ella que se había sentido dueña de la situación hasta ese momento, encendió su celular y junto a la voz de *Siri* en el celular del taxista comenzó a escuchar casi en harmonía cómo su celular repetía las mismas instrucciones que impartía *Siri* en el celular del taxista; y pensaba, intentando que hubiera naturalidad y calma en su pensamiento:

Besando el viento la escollera
Los amaneceres el sol radiante
Del antiguo nacer de los naceres

El taxista primero intentó adentrarse en un callejón donde la calle terminaba y se hallaba solo terracería, a lo que la pasajera le rogó que no fuera por ahí, y pareciendo hacerle caso el chofer, procedió a girar más allá, por dónde había unos edificios en construcción tras unas grandes verjas desde donde se divisaban camiones de volteo derramando cemento líquido.

Unos trabajadores de origen mexicano le dijeron que se cruzara las verjas de metal que mostraban letreros del *BNSF* (Burlington Northern). Pero la pasajera le instó a que no lo hiciera, muy posiblemente hubieran sonado alarmas y hasta hubieran llamado a la autoridad para que los penalizaran. «¡No!, ¡no!», instó casi fuera de sí la pasajera. Con celular en mano intentó redirigir al taxista, suponiendo que la causa estaba perdida y que ya no alcanzaría el tren.

Esas casitas desoladas a lado y lado de la calle en aquella ciudad desconocida, en medio de aquel ambiente kafkiano le habían recordado las *casas de seguridad*. Pero intentó calmarse y recorrió mentalmente el estado de sus cuentas, y cómo quedaría su patrimonio repartido entre sus hijas y su marido allá en el medio oeste de los Estados Unidos, porque ella de niña nunca pensó que andaría merodeando perdida en un día soleado y aislado en medio de tales lares en el estado de Texas, en el taxi de un desconocido. Y le recordó al taxista que era importante dirigirse a la estación del tren, donde habría un cajero automático y podría pagarle. Era importante decirle a este hombre algo que lo incentivara a que se dirigiera por otro rumbo. Ella comenzó a dar instrucciones de nuevo: «Cincuenta pies a la derecha, cien a la izquierda». De pronto apareció ante sus ojos un anuncio y espetó: «¡Mire!, ¡ahí está el banco *Texell*, aquellas letras verdes sobre la fachada de aquel edificio!». Y ahí justo enfrente del cajero automático, como si se hubiera cumplido una profecía, se detuvo el taxista.

La pasajera salió rápidamente del taxi, y ante la máquina

tecleó la cantidad de \$150.00 dólares que deseaba retirar, pero la máquina le mostró que solo podía sacar múltiplos de 20, por lo que volvió a teclear y retiró \$160.00. Apresuradamente volvió al taxi y le pidió al taxista que se dirigiera a la estación del tren para que le pudiera pagar, recordándole que ya deberían estar a la vuelta de la esquina. Mirando con atención se dio cuenta de que un pequeño edificio más allá de la entrada de un estacionamiento a la izquierda mostraba el pequeño anuncio de *Amtrak*, la compañía de trenes, y aunque el taxista ignoraba el *GPS* de su celular, la pasajera le indicaba: «Cincuenta pies a la izquierda, ¡entre por aquí!». ¡Sorpresa! ¡Habían dado con la estación!

Bajando rápidamente, la pasajera le entregó al taxista el fajo de billetes que había retirado del cajero automático. Luego sacó sus dos maletas más el portafolio que había traído para el viaje, y jalando la maleta con ruedas, casi corriendo llegó al mostrador, donde explicó al dependiente que debía haber tomado el tren en San Antonio, y que un taxi la había traído hasta Temple, a lo que el agente de *Amtrak* le explicó que el tren venía con un retraso de algunos minutos, y que estaría por llegar en unos diez minutos más. «Los pasajeros que ve aquí, todos van hacia Chicago», explicó el dependiente, intentando tranquilizarla. Y sabiéndose sana y salva, lista para tomar el tren, como si le hubiera sido devuelta la oportunidad de regresar hacia un mundo más liberal, hacia una sociedad que se guía por la ciencia, y que cree en la búsqueda de la verdad, la pasajera suspiró con un gran alivio y agradecimiento interior.

De pie junto al mostrador vio cómo el taxista se acercaba y le informó que el tren estaba por llegar, que lo habían alcanzado. «¿Ya ve?, le dije que iba a alcanzar el tren», le expresó el taxista en tono pícaro. «Muchas gracias, mire aquí le doy otros $20.00 dólares para la compostura de la puerta de su taxi», dijo la mujer agradecida. Y es que cuando bajó para dirigirse a la estación del tren empujó la puerta de pasajeros hacia afuera, en lugar de deslizarla por el riel del mismo lado. Esto causó que el mecanismo se averiara levemente y el taxista se mostrara molesto. Ella, feliz de saberse a punto de continuar su camino se había mostrado generosa. «¿Y cómo se llama usted?», preguntó ella. «Me llamo Quique», dijo el taxista, sonriendo cínicamente, con dientes enmarcados en platino. «¿Y cómo se apellida?», inquirió la pasajera. «Borquecho a mucha honra», dijo orgullosamente el taxista. «Ah, pues le deseo un buen día Quique, se nota que es usted un hombre que no se rinde ante la adversidad, y hoy ha sido un ángel para mí» dijo ella en un tono más calmado. «Le deseo un feliz viaje, yo también anduve por Chicago y tengo buenos recuerdos de por allá y del equipo de béisbol de los Cachorros», respondió el taxista aún sonriendo, con una cierta arrogancia en la voz.

La pasajera por lo pronto preguntó al dependiente si había notificado a *Amtrak* de su llegada a Temple y si le asignarían el dormitorio, como había reservado originalmente. El agente le respondió que sí, que así sería. Ya tranquila se sentó afuera de la estación de Temple bajo el solazo de la mañana junto a otros pasajeros y se puso a recordar segmentos de la conversación sostenida con el taxista durante el trayecto. Recordó cómo el taxista le había mostrado, mientras viajaban a ochenta millas por hora, una foto en su celular donde se le veía en el gimnasio con el torso desnudo, según él mucho más fornido. Sí, era cierto, se le veía más fuerte. Y la pasajera instó al taxista a que volviera al gimnasio, a que siguiera haciendo ejercicio. «El ejercicio es muy bueno para la salud física y mental», le había exhortado. Y pensaba:

En los jardines,
Los días de faldas y niñas,
Los días de suspiros, alegrías, y roperos,
Dulces saltos, vientos al mar, cabellos en juego,
Riberas en los altos,
Campanas tañendo filosofía colgante,
Elegantes convivencias,
Trenes, y amistades.

Le platicó que él había sido amigo de un ex-gobernador del estado de Tamaulipas, que ahora desafortunadamente se encontraba preso en los Estados Unidos. Que ese funcionario le había pedido que fuera parte de su equipo de seguridad pero que él se había negado, porque ya tenía su vida laboral planeada.

Luego le contó que él había vivido en Chicago (cerca de Schaumburg) pero había vuelto a San Antonio porque sus perritos el *Taco* y la *Chiquis* ya se habían vuelto viejos y ya no los quiso tener viviendo por allá, con esos inviernos tan fríos. «A mí me gustaría vivir en Matamoros, ir y venir al otro lado (a los Estados Unidos) para continuar como taxista, pero ya vivir en México», le había explicado.

También había criticado a la gente que pone a niños inmigrantes indocumentados en manos de *coyotes* y a la gente que abusa del Seguro Social en los Estados Unidos.

Y le preguntó a la pasajera si no sabía si el presidente de México había nombrado a uno de sus hijos en honor al Che Guevara, a lo que la mujer le respondió que no sabía. En ese momento ella repasaba si había puesto la alarma de su celular a la hora correcta pues no la había oído sonar o si el teléfono no hubiera estado enchufado y se le hubiera agotado la batería. El caso es que cuando despertó aquella mañana a las 8:00 a.m., se dio cuenta de que el tren había partido a las 7:00 a.m. En medio de un gran agobio, pánico y cansancio, había hecho rápidamente las maletas, obtenido el recibo del hotel y pedido un taxi.

Ahora, ya en el compartimiento del tren hacía un recuento. Agradecía haber despertado de aquel sueño raro; abstracciones verdes y blancas, una escalinata, un túnel. No sabía si habían sido las altas temperaturas del día anterior, rayando casi los noventa y nueve grados *Fahrenheit* o el haber caminado sin descanso la tarde anterior por Paseo del Río o el haberse quedado admirando la estatua llamada *El Camino de Gálvez*. En una placa se narraba cómo Bernardo de Gálvez, cuando gobernador de Luisiana, había apoyado la guerra de Independencia de los Estados Unidos contra los ingleses, ocasionando que éstos se retiraran de Florida. Todo ese ir y venir del día anterior había propiciado su estado exhausto y adolorido, hasta el punto de no haber despertado (repasaba una y otra vez si no se había acordado de activar el despertador del celular). Recordaba el calor húmedo aquella tarde junto al río, el vapor que emanaba del río como un vaho, el estado mareado de los árboles, y cómo las pequeñas embarcaciones con turistas y mariachis le habían recordado a Xochimilco y sus trajineras.

Podría haber sido un fallo del celular al cruzar la frontera de vuelta a los Estados Unidos. Las emisoras activadas en México, *Telcel* y *Moviestar*, habían revertido a las de *Verizon* que se vinculaban a su teléfono. Podrían haber sido los piquetes de mosquitos, aquellos que le causaron incómodas ronchas en las pantorrillas allá por Cabo Rojo, entre Nautla y Tecolutla, o allá por Coatzacoalcos también conocido como Puerto México. Así mismo repasaba mentalmente su conversación con el taxista. El chofer se mordía las uñas. Ella se dio cuenta de sus dedos descarapelados, hinchados y rojizos, cuando el hombre le extendió su celular para mostrarle su foto con el torso desnudo, mientras conducía por esa carretera de Texas rumbo a Temple.

La extraña cochera

Esa mañana se levantó muy temprano y se alistó para irse al trabajo; serían más o menos las seis de la mañana y el cielo clareaba. Desde su automóvil se dio cuenta de que había una patrulla junto a la casa de enfrente. La edificación de tres plantas tenía por entrada principal una puerta de madera color marrón. Al lado derecho se hallaba la cochera pintada de blanco, con espacio para dos automóviles. La puerta de la cochera estaba programada para subir y bajar por medio de un código digital que se tecleaba en un tablero sobre el dintel izquierdo del marco. La casa se hallaba rodeada por un gran jardín en medio del cual había un patio. Al lado izquierdo de la puerta principal se veían un porche con un columpio de madera para dos y unas bancas de madera acolchonadas con cojines de *motifs* marítimos.

Regina se extrañó mucho al ver la patrulla y a través de *Siri* en su celular llamó a su marido para preguntarle qué haría ahí la policía. Su esposo le respondió que no lo sabía, pero que ya desde las tres de la madrugada más o menos, había notado un camión de bomberos y otras dos patrullas. El suburbio donde vivían, Glencoe, al norte de Chicago y bordeando la orilla del lago Michigan, era uno de los más cotizados por la calidad de sus escuelas y las ventajas de un barrio bien (lindas boutiques, acogedores bistrós, parques, cafés, biblioteca, campo de golf, canchas de tenis). Eran notables sus residencias por su buen gusto al estilo de Frank Lloyd Wright, o John Van Bergen, ambos arquitectos conscientes del entorno natural y del *Prairie Style* en sus diseños. La casona de los vecinos, de un azul índigo, mostraba ventanas enmarcadas en madera blanca. Una pareja de edad madura se había mudado ahí el último verano. Regina y su marido pronto se dieron cuenta de lo mucho que se había esforzado la nueva vecina para llevar a cabo mejoras de jardinería y adoquinado.

A menudo se veían equipos de trabajadores mexicanos plantando cedros a lo largo del perímetro de la propiedad, podando el pasto, sembrando más arbustos para rodear el patio donde eran notables un gran asador y un aparato que como si fuera una cilíndrica chimenea portátil, emitía un fuego para hacer más acogedor el ambiente en las noches frías de otoño o invierno. La vecina tenía gusto por el arte; había puesto algunas esculturas de hierro oxidado con forma de perritos en la entrada principal y un gallo metálico junto a la cerca de madera que separaba el patio, con su comedor al fresco, del resto del jardín. Por la parte del frente y junto a un pequeño árbol que colindaba con la acera, había colocado una escultura de madera de una jirafa madre y sus bebés jirafas. El conjunto escultural era gracioso pues junto a los bebés jirafas, en un pequeño letrero se leía *Favor de no dar de comer a las jirafas*, como esos letreros en los estanques del zoológico que prohíben dar de comer a los patos. Era como si la vecina quisiera ambientar la entrada de su casa con un sentido de bienvenida. Es verdad que como dice el dicho, en gustos se rompen géneros, y tal vez para algunos el arreglo de las esculturas pareciera cursi, pero no dejaba de merecer el hecho de que la señora diera a conocer, en pequeños detalles, una personalidad juguetona, humorística y extravagante.

Continuamente se les veía a los vecinos, ambos de sesenta y tantos años, en el patio de su casa, rodeados por los cedros, el asador y la chimenea portátil. Fungiendo como simpáticos anfitriones de amistades y familiares ofrecían cocteles adornados con cerezas o aceitunas, copas de vino o botellas de cerveza. Lujosos automóviles se estacionaban alrededor de la casona; algún Porsche, varios Mercedes Benz, una vez una limusina para varios pasajeros y hasta un Rolls Royce. Desde media cuadra se alcanzaban a ver las llamas de la chimenea portátil o del asador y se les escuchaba en vibrante convivio, brindando y departiendo hasta tarde. Por entre el veraniego verdor de robles, maples, magnolias y catalpas, crecía el bullicio todas las tardes, hasta que comenzó a enfriar a principios de noviembre. En diciembre por fin se aquietaron las cosas; a diferencia del verano, cuando a diario se les veía entrar y salir de las puertas corredizas del comedor que daba al patio o de la cocina que se conectaba con el jardín, la casa comenzó a notarse con menos luces prendidas por las noches.

Ambos vecinos eran exitosos, ella planeando eventos para los aniversarios de Shedd Aquarium o el estadio de Wrigley, y él muy capaz en la compra de deuda corporativa y el manejo de presupuestos para compañías de la construcción. Mientras que ella era de cabello corto, ojos coquetos, baja de estatura y muy activa en sus estampados vestidos de algodón, él ya canoso, alto y fornido se mantenía en el interior de la casona leyendo el periódico o mirando los torneos de golf en una pantalla gigante de televisión. Últimamente se le veía cojeando; le comentó un día a su vecino Mark, la única vez que hablaron, que acababa de recibir una prótesis de rodilla.

La respuesta al porqué de la patrulla ahí ese crudo día de invierno, no tardó en llegar. Al menos *un tipo de respuesta*. Al poco rato de que Regina hubiera llamado por el celular a su marido Mark, el vecino de junto, Rohr, también recurrió al teléfono. Rohr, de casi noventa años, bien enterado de cuanto ocurría en el barrio, se oía agitado cuando le refirió a Mark, que cuando hacía su caminata cotidiana, la que llevaba a cabo sin falta a las cuatro de la mañana, se había topado con las piernas de una persona sobre la banqueta de la casa de enfrente. Como había sido una noche de las más gélidas de febrero y con alerta de peligro ante las bajas temperaturas, -5 grados *Fahrenheit*, no se sorprendió del todo al ver que esas piernas sobresaliendo bajo un pesado abrigo de lana negra, pensando que podría ser un *homeless*. La persona yacía sobre la nieve justo ante la entrada principal, bajo el marco izquierdo de la cochera. Sobresaltado, notó cómo su pastor alemán, que siempre lo acompañaba, también se había puesto nervioso. Luego pensó que nunca había visto a un *homeless* en ninguna de las calles de Glencoe, aunque sí había visto a alguno que otro en el parque junto al lago Michigan o merodeando por la estación del tren.

De momento, Rohr ignoró el hecho y prosiguió su camino, pero antes de llegar a la esquina de Green Bay Avenue, se dio la media vuelta y de inmediato regresó sobre sus pasos. Según le contó luego a Mark, había escuchado una voz que con firmeza le ordenó: «¡Rohr, regresa!». Y con voz asombrada Rohr explicó que creyó escuchar la voz de

Dios que le exigía volver. Por lo que Rohr regresó y con el bastón sobre el que generalmente se apoya, intentó mover las piernas de la persona a ver si respondía, pero nada sucedió. Así que decidió llamar al 911 de emergencia. La telefonista le pidió que se quedara ahí para rendir declaración a la policía. Cuando los enfermeros del cuerpo de bomberos llegaron, intentaron tomarle el pulso a la persona que yacía ahí y como era muy leve, casi nulo, la trasladaron al hospital más cercano. «Nadie abrió cuando los policías llegaron y tocaron la puerta de la casa para hablar con alguno de los residentes», dijo Rohr. Y añadió en tono de incredulidad: «Fue increíble que nadie oyera nada, ni siquiera los vecinos salieron y eso que los policías tocaban fuerte sobre la puerta, ¡tas!, ¡tas!, ¡tas! y preguntaban en voz alta si no había nadie».

Esa misma mañana, ya más tarde, un policía había visitado a Rohr. Este le dijo que la nueva vecina que había fallecido, era una mujer divorciada madre de dos hijos que había sacado adelante una empresa que con mucho éxito coordinaba eventos para negocios corporativos. Helen era conocida entre jefes de industria, consejeros municipales suburbanos y casas de bienes raíces. La vecina había acumulado un capital sustancial a partir de su arduo trabajo y con esos fondos había comprado la casona en más de medio millón de dólares. Agitado, pálido y nervioso, Rohr no dejaba de decirle a Mark que era increíble que esto le hubiera sucedido a la vecina de enfrente. Sus manos temblaban y su pastor alemán jadeaba, como reflejando el nerviosismo de su amo. Rohr repetía una y otra vez que había vuelto sobre sus pasos y se había encontrado esas piernas que sobresalían del abrigo negro, pero demasiado tarde. Relató que la figura humana había quedado boca abajo sobre la nieve, al pie de los perritos de metal, no muy lejos de las jirafas de madera, y que fue cuando los enfermeros voltearon a la persona para tomarle el pulso, que se dieron cuenta de que era una mujer. Esa noche Rohr no durmió nada, pues además tuvo que permanecer adonde se había encontrado el cuerpo de la vecina hasta que llegaron los servicios de emergencia. Helen, además de tener gusto por el arte y ser hábil para los negocios siempre había estado lista para discutir sobre política y tópicos de actualidad controversiales; en efecto su padre había sido un juez de renombre en los corredores de poder del Chicago durante los años sesenta. Pero la noche de su deceso, nadie en su casa o en las casas aledañas escuchó el revuelo que habían causado las patrullas, el camión de bomberos o el llamado de la policía. Nadie escuchó esa gélida noche al Uber que silenciosamente la depositó junto a la cochera y partió.

El policía le relató a Rohr más tarde, que cuando lograron hablar con el novio de la vecina, este explicó que su pareja tenía un problema de alcoholismo y que era una *chica de fiestas*. Añadió el policía, que la vecina había acudido a una fiesta con amigos suyos en el centro de Chicago para relanzar su compañía de eventos, ahora que se preveía salir de la pandemia del *Covid* y que para su regreso a Glencoe había tomado un *Uber*, donde se durmió un par de veces. Esto último aparentemente lo refirió el chofer, agregando que la pasajera había trastabillado antes de subirse al coche. El chofer dijo a la policía, según Rohr, que él cumplió en dejar a la mujer en la dirección a donde se le había pedido ir, exactamente a las diez y media de la noche. De modo que ese fue el último paseo de Helen, otrora tan amiguera, que se decía en su círculo que cuando ella llegaba, llegaba la fiesta.

Aparentemente Helen no alcanzó a teclear el tablero sobre el marco de madera de la cochera, que era el mecanismo que utilizaban ella y su pareja para entrar a la casa. La fatídica noche, unos dos días antes del día de San Valentín, la ciudad había sido blanqueada repentinamente por una gran ventisca. Nadie osaba salir por temor a los altos porcentajes de contagio por la pandemia y los vecinos optaban por quedarse en casa, durante esos días de frío congelante y peligro sanitario. Qué raro que el novio de Helen no hubiera escuchado el llamado de la policía a la puerta. Qué raro que todo hubiera sido silencio aquella noche mientras la mujer expiraba a la entrada de su casa. No hacía mucho, Mark había visto al vecino intentando quebrar la capa de hielo acumulada sobre su banqueta y le había preguntado: «¿Está bien?» y el hombre, apenas moviendo los labios le respondió que se reponía de una cirugía de rodilla.

A los pocos días de que Rohr le relatara a Mark su conversación con el oficial de policía, apareció un obituario en el periódico local que aludía a la vida plena que había vivido Helen, al gran cariño que le tenían los suyos, a sus estadías en Michigan durante sus veranos de estudiante, a sus muchos amigos. Nadie fallaba en mencionar su carácter alegre y bromista. El texto mencionaba su dedicación a sus hijos, su devoción a su novio John y varios otros elogios. Más o menos al mes del deceso, apareció un letrero sobre el jardín de la propiedad anunciando su venta. Ignorantes del vuelo de varios cuervos negros que habían hecho su nido en uno de los pinos alrededor de la casona, todo tipo de automóviles comenzaron a circular por ahí, con gente entrando y saliendo de la propiedad, incluyendo un día a la agente de bienes raíces que cuando se topó con Regina, en un *open house*, le comentó cómo: «Helen lo tuvo todo en su contra», quizá refiriéndose a lo frío de la fatídica noche. Aseguró que ella, lo único que sabía, era que Helen: «Se pasó de copas relanzando su compañía de eventos». Porque Regina le había preguntado si acaso habría sufrido una embolia o un infarto.

Habría sido de esperarse que alguien investigara con diligencia las causas del fallecimiento de Helen. Su padre había sido un juez reconocido en círculos políticos de Chicago y su hermano era abogado y representaba a varios consejos municipales en Chicago. Sin embargo, nunca se supo nada sobre ninguna investigación. Lo que sí quedó claro fue que el cuerpo de Helen, que provenía de una familia judía, fue sepultado al día siguiente de haber sido encontrado sin vida, tal como prescribe la religión. Por lo tanto, no se supo casi nada respecto a su estado de salud en el momento de su deceso o datos pertinentes más allá de lo que habían contado Rohr y la agente de bienes raíces.

Al mes de los hechos, la agente de bienes raíces le comentó a Rohr que la vecina había fallecido debido a *Hipotermia* habiéndose ya completado los procedimientos forenses de rutina la noche en que la llevaron al hospital. Sin embargo, quedarían muchas preguntas que tal vez nunca nadie contestaría tales como: ¿Había estado fuera de casa el novio de la mujer aquel trágico día? ¿Había llamado Helen por teléfono a su novio para decirle que se encontraba en camino? ¿Había fallado el mecanismo que automáticamente abría la puerta de la cochera? ¿Había comido bien Helen el día que se reunió con sus amigos y colegas? ¿Habría tenido algo que ver el hecho de que todo aquel verano tuviera en su jardín un letrero en el que se leía: *Dump Trump*? ¿Quiénes fueron las últimas personas que vieron viva a Helen? ¿Qué otras diligencias hicieron sus familiares para investigar lo que había pasado, además de ir al hospital a reclamar el cuerpo?

El novio de Helen continuó viviendo en la casona mientras se vendía la propiedad. Por la noche, se veían las luces prendidas de toda la casa. Algunas veces se le observaba al vecino prendiendo el asador, pero no se quedaba en el patio, sino que se metía al interior después de cocinar. Algo muy extraño sucedió aquel día de febrero luego de que se diera el fatídico hecho. Resulta, que desde una de las habitaciones de la casona era posible ver la cocina de la casa donde Mark y Regina vivían. Eran más o menos las siete de la noche y Regina cocinaba algo sobre la estufa. En una de esas volteó hacia la casona y a través de la ventana vio la figura del vecino que desde una de sus ventanas la observaba. Con un gran espanto se sorprendió. Asustada, con el corazón saltándole del pecho, Regina rápidamente apagó la estufa, las luces y se dirigió hacia otra parte de la casa. Desde esa noche comenzó a sentirse observada por el vecino. Se dio cuenta de que en cuanto ella prendía la luz de su casa por la noche, así mismo las luces de la casona de enfrente se encendían. Y si ella dejaba la casa a oscuras o se demoraba en prender la luz, había un efecto paralelo en la casa de enfrente, como si el vecino imitara el encender y apagar de las luces. ¿Por qué?

A los tres o cuatro meses, el novio de Helen se mudó de la casa. Uno de esos días, Mark y Regina se dieron cuenta de que ropa, un ropero, una silla de oficina y grandes cajas con libretas de tres anillos, así como álbumes de fotografías, se encontraban tirados desordenadamente sobre la banqueta de enfrente. Toda esa noche estuvieron yendo y viniendo automóviles y transeúntes que pasaban a evaluar esos tesoros de mercancía gratuita. Poco a poco las mejores porciones de la subasta desaparecieron, no así un sostén tirado a media cuadra de la casa, unas botas cortas de flecos negros sobre una pila de pantalones y blusas descoloridas, unas medias de nylon colgadas sobre unas cajas de cartón y un tazón con una foto de Helen y sus dos hijos cuando eran pequeños. Hasta John, unos dos días después de haberse mudado, volvió junto a la pila de objetos y levantó un póster enmarcado que metió a la cajuela de su Mercedes Benz negro. Durante esos días Regina se dio cuenta, al pasar por la casona rumbo a su caminata por el lago, de que alguien se había llevado las jirafas de madera. La última vez que vio la escultura notó que uno de los cuernos de la jirafa estaba roto. Uno de sus ojos mostraba una gran ojera negra, como si le hubieran asestado un fuerte golpe y fuera un moretón. La jirafa mostraba solo una oreja. Se le veía desteñida y mutilada. En lugar de tener una apariencia agradable causaba miedo. ¿Quién le había arrancado la oreja a la jirafa? La desaparición de la jirafa causaba una cierta sensación de alivio, quizá solo por el hecho de no verla traumatizada. La escultura de los perritos de hierro oxidado asimismo desapareció.

Son casi cinco meses desde la noche en que Rohr de repente tuvo que marcar el 911. Anoche llovió mucho y esta mañana, Rohr le platicó sorprendido a su vecino Mark, que cuando hizo su caminata de las 4:00 a.m., un árbol junto a la cochera de la casona de enfrente se hallaba tumbado bloqueando la circulación. Por lo tanto, se encontró haciendo lo que hizo aquella noche de febrero, marcando al 911 de emergencias. Igual que aquella noche, pronto llegaron las patrullas de policía, los bomberos y los equipos de tala para remover los trozos del árbol caído. El tilo se había venido abajo pues el centro del tronco estaba muy podrido. Mark le respondió a Rohr que había llovido y relampagueado mucho anoche. Rohr no podía decir con certeza si habría caído un rayo sobre el árbol, pero si pudo constatar la podredumbre. Dijo Rohr que los paneles solares de su techo habían refulgido con gran luminiscencia quizá debido a la energía eléctrica de la noche anterior, y que el poste de luz solar en la casa de Mark y Regina también brillaba con mucha luz, posiblemente por la carga eléctrica en el entorno. Se encontraba pasmado de que dos veces en unos cuantos meses tuviera que llamar al 911 desde la cochera de la casona vecina.

Por las noches ya no se percibe ninguna luz prendida en la casona más que la que alumbra el porche junto a la entrada principal. Las habitaciones se notan desiertas bajo un sol medio brillante, medio friolento. La noche del último paseo de la vecina fue gélida; en su silencio invernal nadie oyó nada. Desfallecida ante la entrada de su casa, Helen ingresó por otra puerta hacia su última morada.

Swift Hall. Magia, eros y juegos

Fue uno de aquellos sucesos que nunca o casi nunca llegan a esclarecerse. ¿Quién iba a decirme a mí en aquel entonces que uno de los enigmas que más acapararía mi atención en toda mi vida tendría que ver con lo que le había acontecido al profesor Marcus Lintus, catedrático de religiones comparadas? Mi semestre en aquella prestigiosa universidad del medio oeste apenas había comenzado. El otoño matizaba las hojas de los árboles de hermosos amarillos, marrones y anaranjados. Yo aún me perdía de vez en cuando entre los corredores de los edificios neogóticos del *campus*, mi espíritu pleno de una euforia desconocida.

Mis profesores eran destacados especialistas en sus áreas de investigación. Las horas dedicadas a investigar las fuentes primarias y secundarias que fructificarían en ensayos o en los capítulos de la disertación hacían que pasara largas horas en la biblioteca Regenstein y me quedara despierto hasta la madrugada puliendo la redacción o añadiendo los incisos bibliográficos. Por la mañana me bañaba, me vestía rápidamente y me tomaba un café hecho a la carrera que surtía el efecto de despabilarme y ponerme de buen humor. Mi apartamento quedaba sobre la calle 57, así que solo había de caminar algunas cuadras hasta llegar a la calle de Ellis donde se hallaba el Departamento de Lenguas y Literaturas Romances. Ya en el *campus* desayunaba algo ligero.

Mi área de estudio se enfocaba principalmente sobre las vanguardias literarias latinoamericanas, pero también había de estudiar dos idiomas extranjeros. Escogí el portugués y el latín y en dos años superé el requisito. Con el latín conseguí leer en el original a Pico della Mirándola en la sección destinada a volúmenes antiguos y raros de la biblioteca, lo que me causó una gran satisfacción pues ya con antelación me había interesado entender mejor el pensamiento renacentista; había vislumbrado nexos entre el divagar esotérico de aquellas épocas y la filosofía surrealista. Las vetas del indagar neoplatónico fluían como un río desde la época de los filósofos clásicos hasta el pensamiento bretoniano.

Aquellos días otoñales, caminando por el *campus*, no dejaba de impresionarme el que ciertos rincones de la universidad transmitieran un aura de misterio. Entre el olor a pino y humedad mohosa, esos recesos góticos parecían estar permeados de un extraño magnetismo. Siempre surgía alguna esquina, escultura, sótano, o rellano qué descubrir. Por esa universidad habían pasado investigadores y escritores de la talla de Paul Ricoeur, Saúl Bellow, Enrico Fermi y otros ganadores del Nobel.

Mi deambular por el *campus* casi siempre me llevaba al edificio de Classics, donde tomaba las materias para completar el doctorado, pero mis pasos también solían encaminarme al edificio que albergaba la Divinity School pues buscaba el placer que me proporcionaba escuchar de soslayo conversaciones sobre teología, a veces sobre matemáticas o bioquímica en relación a la informática. Era obvio que otros colegas también se escapaban de sus celdas disciplinarias en la torre de marfil. En el sótano de la Divinity School había un café donde se tomaban muy buen expreso y refrigerios de *sushi, humus, falafel, empanadas* y otros bocadillos. En lo alto de la pared, junto a la lista de platillos y bebidas, muy irónicamente, un letrero escrito con gis blanco sobre una pizarra anunciaba *Donde Dios bebe café.*

Swift Hall, que albergaba la Divinity School, donde el enfoque de estudios eran las Religiones Comparadas y la Teología, contaba con un íntimo recinto para conferencias y seminarios. Por ahí habían pasado luminarias tales como el padre de la crítica literaria de la *Deconstrucción*, el filósofo francés Jacques Derrida y escritores tales como Jorge Luis Borges o Carlos Fuentes, entre otros.

Sobre la pared en el rellano de las escaleras de Swift Hall hay una hermosa pintura de un ángel que asciende hacia los cielos y lleva una espada en la mano. Siempre me quedó la duda sobre quién habría sido el pintor de aquel lienzo, su título y el significado de la imagen. Otro misterio por resolver.

Yendo a tomar mi café de todas las tardes a Swift Hall, uno de aquellos días plenos de luz en Hyde Park, me enteré de que un trágico suceso había tomado lugar. Ya antes de bajar las escaleras al café del sótano, me había dado cuenta de que un listón amarillo de seguridad impedía el acceso a los baños en los pisos superiores. Pero fue cuando bajé e inquirí con una de las dependientas que atendían la barra del café, que me enteré de que algo muy extraño y fuera de lo común había ocurrido. «No pude acceder al baño en el segundo piso de Swift ¿Sabes qué sucede? ¿Por qué hay un listón amarillo de seguridad?», le pregunté ansiosamente a la joven que atendía los pedidos. La chica de largo cabello rubio y ojos azules, con expresión de susto me respondió susurrando y temblorosa, como si no quisiera que nadie se enterara de lo que me iba a decir: «Algo terrible ha sucedido, ha habido un homicidio y la policía está investigando». «¡¿Cómo?!» respondí con azoro, el volumen de mi voz elevándose. «Sí, un profesor de Religiones Comparadas ha sido hallado muerto en un cubículo del baño». Sentí como si alguien me hubiera dado un golpe bajo el vientre, cortándome la respiración, haciéndome tambalear. Intentando mantener la calma, le agradecí que me hubiera informado del triste hecho y le indiqué que ese día me llevaría el café afuera, en lugar de beberlo ahí. Era como si de repente algo raro permeara el ambiente, como si un polvillo color ceniza se hubiera prendado del entorno y el alrededor se ensordeciera de silencio, se desvaneciera.

Huyendo casi, con el corazón latiéndome de prisa, salí al aire libre del *campus*, donde al fin me senté en una banca junto a los prados y logré respirar más tranquilamente. Pero dado que soy un escritor independiente además de académico, mis indagaciones meses más tarde revelarían más datos sobre la tragedia en Swift Hall que aquellos que había compartido conmigo la dependienta del café.

Resulta que el profesor Marcus Lintus impartía la cátedra de *Introducción a las Religiones Comparadas* Su último día había dictado cátedra sobre el *Gnosticismo y la Historia de la Fantasía en el Renacimiento*. Dos alumnos habían presentado reseñas de libros recién publicados sobre Giordano Bruno y los *Viajes de la imaginación durante el Renacimiento*. Ya luego, en discusión general, los alumnos habían interpretado pasajes sobre las lecturas asignadas para ese día. La creciente ola en la exégesis de la discusión había dejado tanto en los alumnos como en Marcus Lintus un sentido de satisfacción.

«¡Continúen con esas lecturas cercanas tan bien hechas!», les había dicho en tono elogioso a dos alumnos a la salida del salón de clase. Luego de pasar por su oficina para checar algunos correos en su computadora, había bajado al café del sótano. Esperando a que la dependienta lo atendiera checó la hora en su reloj de ópalo negro. Eran las 12:55 p.m. Ahí ordenó un panqué de nuez que comería más tarde y lo metió en el bolsillo de su saco azul marino. Luego salió y ascendió hacia el segundo piso para dirigirse al baño de caballeros. No había nadie cuando entró. Se dirigió hacia el cuarto cubículo y procedió a entrar. Precisamente acababa de incorporarse a su función cuando alguien entró silenciosamente al cubículo de junto, sacó una muy pequeña pistola (una *Beretta* .25 se supo más tarde) y le disparó. Con una sola bala apagó la vida del profesor Marcus Lintus.

El profesor Lintus, alto, apuesto, de ojos café oscuro, solía llevar gafas de armazón pesado y tendría unos cuarenta años de edad. Recientemente había sido recomendado para un cargo de mayor prestigio por su mentor. Como profesor asociado de tiempo completo podría dedicar más tiempo a varios proyectos de investigación. Pero su trágico final cortó de tajo su potencial académico, además de impedir el matrimonio que planeaba en solo unos cuantos meses. ¿Qué mano oscura habría querido obstaculizar tan próspero sendero de vida como el que le aguardaba a Lintus? A pesar de que Marcus Lintus había criticado al régimen de su país de origen (pronto se naturalizaría norteamericano), había otras pistas que quizá podrían conducir al origen de tal crimen. Además de la posibilidad de que Marcus Lintus tuviera enemigos políticos, el profesor de Religiones Comparadas nunca había cejado en sus investigaciones sobre la magia del Renacimiento, la que había propuesto en sus escritos Giordano Bruno, como capaz de manipular a individuos o comunidades. En efecto, Marcus Lintus impartía entre sus clases la de *Fundamentos de la magia y las prácticas adivinatorias durante el Renacimiento*. Frecuentemente dejaba de tarea a sus alumnos que leyeran sobre esas prácticas, luego prohibidas durante la época de la Reforma y que las llevaran a cabo ellos mismos. Su calificación en la materia dependería no solo del conocimiento e interpretación de los textos sino de la *praxis* en sí.

Según Lintus, el desarrollo de nuestra tecnología moderna, se había dado a costa de reprimir el uso de las imágenes durante el Renacimiento. Si Bruno había propuesto que las motivaciones de individuos y sociedades se podían manipular a través de la erotización de imágenes, la Iglesia encontró el uso de imágenes peligroso (*pues podría conducir a la idolatría*) y según Lintus, al prohibirse su uso, la magia se fue olvidando.

Después de clases, Lintus y sus alumnos solían ir a Jimmy's, un bar famoso en Hyde Park donde el popular profesor sorprendía a sus alumnos con sus aptitudes adivinatorias. Un día le espetó a una guapa alumna: «Será mejor que abandones ese triángulo amoroso». A otro le sugirió: «Es mejor que hagas las paces con tu padre». Ambos alumnos quedaron completamente absortos ante la certeza de sus adivinaciones. Lintus, en su suéter de casimir y pantalones tipo informal, no podía faltar a las fiestas estudiantiles. Seguido recibía invitaciones para asistir a reuniones de alumnos en apartamentos por todo Hyde Park.

Se decía luego, que Lintus y su mentor habían diferido en cuanto a sus vínculos con grupos políticos en su país de origen, que Lintus había encontrado materiales que ligaban a su mentor con un grupo de políticos extremistas y lo había confrontado. Pero ninguna evidencia de una desavenencia permanente entre ellos había sido hallada. Antes de morir había recibido amenazas, según comentó un alumno suyo, lo mismo que una hermana de Lintus, pero no se sabía de donde habrían procedido. En los anales de la policía de Chicago, había un par de cartas escritas por tipos *chiflados* que nunca se llegaron a investigar. ¿Podrían haber sido escritas por algún alumno desencantado? ¿Podrían haber sido motivadas por algún colega que se sintiera amenazado por el éxito de Lintus? Era cierto que Lintus era un profesor querido por sus alumnos, pero también era claro que no todos los colegas lo admiraban y quizá no todos los alumnos lo apreciaran tanto como parecía. La academia es a veces un café de espejos en el que los indescifrables en vilo se usan y abusan a *razón* de agendas infecundas. En efecto, varios colegas de Lintus en la universidad consideraban sus hipótesis sobre el desarrollo de la tecnología a base de la supresión del uso de imágenes durante la Reforma Renacentista, como nada más que una charlatanería. Y otros creían que el uso de aquella magia renacentista, según Lintus transformada hoy día por profesionistas en relaciones públicas o por propagandistas o por psicólogos y sociólogos, no era una idea original, sino que era algo que ya otros pensadores tales como André Bretón, habían explorado mucho antes. En circunvolución si se quiere, pero ya aparecían precursores de estos descubrimientos entre filósofos modernistas y vanguardistas. Muchos de ellos se habían acercado al pensamiento esotérico renacentista y habían escrito sobre ello. Aun los *Manifiestos* de Breton presentan aspectos que derivan de la especulación esotérica de aquellos tiempos. Para muchos colegas Lintus no era más que un oportunista al que se le pasaba la mano en sus relaciones con los alumnos. Aparentemente, los juegos mágicos que había descubierto en sus estudios y su aptitud para adivinar no lo habían protegido de su trágico desenlace. Ahí sí que había fallado. Eso era útil evidencia para sus detractores.

A mí el suceso me había consternado. Especialmente porque yo mismo había abordado el estudio del pensamiento esotérico renacentista, en relación a una conferencia que ofrecí ante la Academia de Lenguas Modernas sobre el relato *Teoría de Juegos* de Jorge Volpi y el poema de *El Golem* de Jorge Luis Borges. Mi presentación en St. Louis Missouri fue bien recibida por mis colegas. Y aunque siempre he intentado no excederme en el estudio de temas esotéricos, lo que le sucedió a Lintus me hacía reflexionar sobre lo propio de mis cuidados. Aparentemente Lintus no había sido del todo discreto. La introducción a su libro sobre magia y eros en el Renacimiento ya con anterioridad al año de la tragedia, aludía a una anécdota extraña en la que daba a entender que después de una conferencia en una universidad en el sur de Francia sobre estos temas, tres mujeres practicantes de magia le habían hecho reclamos, diciéndole que él no sabía de lo que hablaba, a lo que él había respondido que él era simplemente un historiador de religiones. Pero aparentemente ese intento de reconciliación cayó en oídos sordos pues Lintus y otro panelista invitado fueron acometidos por un intenso dolor de cabeza y dos asistentes a la presentación cayeron desmayados.

Me era imposible creer que un hecho tan aborrecible como el que le aconteció a Lintus en Swift Hall se hubiera dado en Hyde Park, con sus veredas bucólicas y sus arcos neogóticos. Más me sorprendió el hecho *de que mi experiencia aquel día, yendo a tomar café, viendo la lista amarilla de seguridad y oyendo a la dependienta tras el mostrador explicando lo que me dijo, hubiera sucedido cuando yo era estudiante del doctorado en el año 2000.* Caí en esta cuenta algunos meses después, cuando aún indagando sobre lo que *realmente había sucedido*, sorprendido leí en la contraportada de su libro sobre magia en el Renacimiento, que el año del deceso de Lintus aparecía como 1990. Pero mi experiencia ocurrió en el 2000. ¿Cómo puede ser?, me pregunté. Estoy y siempre estaré sorprendidísimo. Es cierto que Lintus creía en la posibilidad de universos múltiples. ¿Será este *hecho* dispar en las fechas (de mi experiencia según yo y la de su deceso), una prueba de ello? Aún recuerdo haber subido al segundo piso de Swift, una vez el listón amarillo de seguridad se quitó, algunos días después de mi conversación con la joven del café del sótano y rememoro haber inspeccionado aquel cubículo. ¿Cómo es posible que la tragedia hubiera ocurrido diez años antes? ¿Será posible que yo recuerde como un hecho experimentado por mí, algo que pudo ser simplemente lo alguien me contó? ¿Por qué no recordaría yo a quien me hubiera relatado tan significativo hecho? No recuerdo que nadie me lo haya relatado, aparte de la joven tras el mostrador aquel año en que yo comenzaba el doctorado, el 2000. Recuerdo haber querido subir al segundo piso y haber visto ese listón amarillo de seguridad. Y estoy cierto de que cuando leí sobre el caso más adelante, era consciente de no haber podido subir al segundo piso de Swift durante mi primer año como candidato al PhD.

Obviamente una rara *fuerza* terminó con Lintus, quizá no por el hecho de que hubiera criticado al régimen en el poder durante aquel año en su país de origen, tal vez alguien decidió darle una *lección* sobre la *adivinación* y los *juegos mágicos* que practicaba; algunos más esotéricos de lo que la moralidad académica de su tiempo en aquella universidad permitiría. Esto es solo una conjetura, pues hay otras, tales como la de que algún padre o madre de esos alumnos privilegiados se haya molestado al conocer las prácticas adivinatorias con las que el profesor *presionaba* a su hijo o hija, en estado de formación académica. ¿Pudo haber sido quizá una mujer y no un hombre quien terminó con Lintus? (una pistola tan pequeña como para llevar en un bolso de mujer). ¿Tuvo algo que ver el hecho de que el arma haya sido de origen italiano y el que Lintus hubiera pasado tiempo en Italia durante algunos de sus estudios e investigaciones? ¿Fue el motivo eros, magia o un bizarro juego? El pensamiento lógico, abstracto e intelectual que busca la verdad objetiva del misterio se derrumba ante el insoluble y trágico final de Lintus. Irónicamente, una *fuerza* embaucadora, esperpénticamente juguetona y sombría parece desear elegirse victoriosa sobre el ímpetu que busca esclarecer la incógnita.

El profesor de Hyde Park

1**

La primera vez que se miraron fue en el cuadrángulo del *campus*. El vestía indumentaria de lino color beige y llevaba un sombrero veraniego color paja.

Ella, estudiante de doctorado, que se dirigía a reunirse con su asesor de tesis doctoral, ese día vestía una falda hasta media pantorrilla, blusa blanca de manga corta y zapatillas de tacón bajo. No supo quien se adelantó a sonreír. El caso es que el nerviosismo de ella se hizo evidente una vez que sus pasos se cruzaron y casi chocan.

«Parece que lleva mucha prisa», dijo él con una mirada simpática. «No deseo apresurarme tanto para llegar a esta cita, seguramente mi asesor tendrá una lista de nuevas lecturas que he de incorporar al manuscrito de tesis». «Ah, ¿de modo que eres alumna de doctorado?». «Así es, supongo que usted es catedrático... y ya sabrá que la academia y su ascensión dentro de ella ocurre de la más misteriosa manera». El profesor, alto, de ojos negros y pelo encanecido, se echó una carcajada. A ella le sorprendió su porte digno, al mismo tiempo que esa juvenil comprensión. «No te preocupes, todo saldrá bien» dijo, como si su ser custodiara el poder de proteger a esta naciente investigadora, el profesor de literatura medieval alemana. «Agradezco mucho sus palabras, usted ha de conocer los recovecos secretos de esta universidad, ¿verdad?». Riéndose de nuevo y como si ya se hubiera establecido entre los dos una rara complicidad, él le aseguró que así era. «¿Tal vez me los muestre algún día?» dijo ella complacida, ahora que intuía acababa de conocer a un nuevo aliado. «Sí, por qué no» respondió el académico. Y dando por terminado el breve encuentro se despidieron, no sin que antes ella elogiara el sombrero que él llevaba: «Su sombrero es muy alegre», a lo que él respondió que lo había comprado con su ex-mujer durante unas vacaciones a Jamaica.

Ella se quedó con la intención de volverlo a ver, de indagar donde se localizaría su oficina. Le había parecido ágil de pensamiento a la vez que atractivo. Claro, no sabía su edad y se notaba mayor que ella, pero algo había en un hombre maduro, en su manera de tomar la vida con una cierta calma filosófica, que le atraía. Por otra parte, el campo investigativo que ella cultivaba era el de las lenguas romances. Su intención, después de defender la tesis doctoral, era conseguir una beca para viajar a Lisboa y examinar de cerca los manuscritos de Fernando Pessoa. Claramente, sus investigaciones no se hallaban nada cercanas a la literatura alemana, menos la medieval. Le pareció curioso que un profesor de origen judío, pues en el breve encuentro le había explicado que su nombre, Samuel Bergman era de esa extracción, estudiara la literatura de una nación a cuyas manos había sufrido tanto el pueblo judío.

2 **

El segundo encuentro ocurrió cuatro años después, pues ese fue el período de tiempo que le llevó documentar los argumentos de la tesis doctoral. Se consideraba afortunada pues algunos colegas suyos llevaban en el departamento más de diez y hasta quince años completando sus disertaciones. En efecto, algunos nunca lo lograban. De modo que el día que defendió la tesis, sobre el tema de *La utopía amorosa en la poesía hispanoamericana: desde 'El collar de la paloma' de Ibn Hazn, hasta 'Nocturno en que nada se sabe' de Xavier Villaurrutia*, había logrado incorporar la influencia de las culturas árabe, judía y grecolatina en el desarrollo de los argumentos. Su conocimiento de teoría, formas de versificación y autores había logrado persuadir al comité examinador de que dominaba el campo sobre el cual había fundamentado la evidencia. Cuando la sesión de varias horas terminó, los profesores se quedaron en el salón de clase llevando a cabo deliberaciones. A ella le tocó esperar sentada en una de las pesadas bancas de madera en el rellano de Wieboldt Hall. Los minutos se hicieron menos agobiantes, así que su mente la transportó a los campos de Castilla y a ese viaje por tren a Segovia hecho años antes. Nunca dejaba de impresionarla esa manera de mirar de ciertos españoles, de antaño profunda. Una mirada melancólica y guapa en algunos de los hombres, una valerosa y vital en las mujeres.

Cuando los profesores abrieron la puerta, se alinearon protocolariamente de mayor a menor importancia según su rango académico, comenzando con el jefe del departamento de Lenguas Romances, el Profesor Katsiafikas, un griego de Boston, que había comenzado como físico-químico, para al fin dedicarse a la crítica literaria. Entre sus escritos había ayudado a develar la poesía del vanguardista Vicente Huidobro. Lo sorpresivo del fue que antes de que salieran, por ahí había pasado Bergman, el profesor de literatura alemana. Ella, nerviosísima le había comentado el porqué de su espera y él, compadecido, había esperado junto con ella. Por fin los facultativos salieron y uno por uno fueron besándola en la frente. La naciente *doctora* dijo sentir que había recibido un alma nueva y Bergman, como si fuera un ángel de la guarda, también la besó. Ella sintió, al estrechar su mano, una energía casi eléctrica y sorprendida se estremeció.

3 **

Ella llega al *Café Snail*. Es un caluroso día de julio y la gente se relaja en los patios, los parques, alrededor de las fuentes. Algunos salen en velero a navegar por el lago Michigan, otros con aficiones más sedentarias se contentan en algún entorno interior jugando ajedrez o mirando al día soleado en compañía de sus libros y papeles a la luz de una lámpara redundante.

Después de admirar, más que leer la carta, ordena una crema de elote y una crepa de salmón. Frente a ella se encuentran dos mesas. En una se sientan dos mujeres de más de sesenta años conversando. Tal parece que se conocen de hace mucho por la forma confidencial en que cuchichean. En la otra mesa, se sienta una joven madre junto a un pequeño de unos cinco años a quien hace conversación sobre las pinturas que se exhiben en el local. A Regina Natali le ha gustado visitar este café desde que un antiguo novio la trajera un día. Le agrada que los dueños, una pareja de edad madura originaria de Checoslovaquia, continuamente hace accesible a jóvenes artistas las paredes del restorán para mostrar su obra pictórica. Regina recuerda haber leído algún epígrafe que hacía alusión al punto de vista del artista en la obra de arte. Era algo así como: *El punto de vista es el del objeto. Es lo que el objeto nos dice acerca de los seres humanos que le rodean. La realidad vista a través de esa interioridad, magnificada o no. Imaginada o no. Realzada y exaltada o no. El arte apunta a la vereda, al significado.* Las pinturas en el restorán invitan a filosofar piensa, mientras aguarda a que le sirvan lo que pidió.

Por otra parte, Regina se ha dispuesto a rumiar las preocupaciones de su vida; la crisis de pareja que vive con su actual esposo, la falta de comunicación entre ella y sus hijas, el deterioro físico de su madre, el amor de su vida que se ha ido este verano a su país natal... De repente cae en la cuenta del hombre mayor que, apoyándose en el brazo del mesero, busca acomodarse en una de las mesitas al lado suyo. El hombre de pelo canoso por fin se sienta. Lleva en la mano una lata de *Coca-Cola* y al apoyarse con una mano sobre la mesa, levanta la lata con la otra, como si fuera a hacer un brindis y exclama: «¡Nada es real!». El mesero, un irlandés que por la noche hace de actor, suelta una carcajada y dice: «Pero ¿qué tal una sangría? ¿No es real una sangría?». Regina, que escucha el breve intercambio, no puede menos que sonreír. Regina nota que mientras sopea la sopa que pidió, el hombre a su lado repite frases sueltas o palabras al azar. Cuando por fin su crema de elote llega, él voltea hacia ella y le dice que tiene buena pinta. Regina, afirma que así es, que le gusta la manera innovadora en que el chef del restorán incorpora las frutas y verduras de la estación al menú tailandés.

El hombre le dice a Regina que le gusta venir a *Snail* por las pinturas. Ella replica que es uno de los pocos lugares donde los parroquianos muestran por lo menos una leve semblanza de humanismo. En otras partes de la ciudad, la gente, los transeúntes, se observan con la mirada perdida en el vacío (más ahora con los audífonos que les tapan los oídos cuando escuchan música), como no sabiendo porqué ni para qué viven. «Obviamente, estoy siendo severa, el humanismo es un tema muy complejo y extenso». El hombre le dice que seguramente es profesora, lo que ella confirma. Quizá no deba yo de envolverme tanto en una conversación con este hombre, piensa Regina, consciente repentinamente del vestidito corto y ligero que acapara la mirada de los hombres alrededor suyo o de las sandalias plateadas, que la hacen sentir como piruja del más alto nivel. Sin embargo, ahora que su relación de pareja naufraga, y ya más segura del camino que ha de tomar, ha decidido actuar con más confianza; se arregla más, intentando entrar en contacto con su femineidad.

Duda involucrarse en una conversación con este hombre mayor porque su aliento deja mucho qué desear. Sin embargo, algo hay en este hombre que la inquieta. «Y usted es profesor», sostiene Regina. «Soy profesor jubilado, daba clases en la Universidad de Chicago». «Ah, ¿en qué especialidad?» responde Regina admirada, ahora que sabe se encuentra ante un posible excolega, pues ahí recibió su doctorado e impartió clase durante varios años. «Dictaba cátedra de literatura alemana medieval». «¿Y a qué autores recomendaría?» pregunta Regina interesada, cayendo en la cuenta de que el profesor tiene que hacer un gran esfuerzo al hablar y toma largo tiempo en contestar. «Goethe, ¿ha oído hablar de Goethe?». «Sí, pero no encaja en la época medieval, ¿verdad?». El profesor, que lleva un saco de finas rayas azules sobre una chaqueta y pantalones para ir a correr, responde: «Goethe más que un poeta era historiador». «Y qué de otros poetas?», pregunta Regina, sintiendo a la vez repugnancia y atracción. Es el mal aliento, es la chispa apenas brillante de sus ojos. Es una frente amplia que zozobra con la memoria, son unas manos que conservan una sensual lozanía. El le mira los pies, a la vez desnudos y acariciados por las correas plateadas de las sandalias. «¿Cuáles otros poetas?», responde el hombre, como si en su universo solo Goethe existiera. «Sí, Schiller o Brecht», dice Regina. «¿Schiller o Brecht? ¡Usted sabe más que yo!» dice él cumplimentándola. Cuando le pregunta sobre su área de estudio, ella menciona a los *Contemporáneos* de México, a Tablada, a Paz, le habla de los movimientos de vanguardia en América Latina. Le platica que conoce Hyde Park también. Y cuando escucha esas palabras, el rostro del hombre se anima. Su sopa permanece sin tocar, pero es igual, porque parece que la conversación que sostiene con esta enigmática profesora de unos cincuenta años lo nutre de otra manera. «¿Y cómo están el *campus* y los departamentos de literatura?», inquiere. Ella le menciona algunos nombres de profesores con los que él hubiera podido haber mantenido alguna relación, por ejemplo, el de la profesora de latín. Sin embargo, no le menciona que hubo un memorial religioso a raíz de su fallecimiento en la capilla Rockefeller y decide mejor hablarle de las cafeterías en el *campus*. Él menciona aquella a donde se solía bajar por unas escaleras para acceder al pequeño bar donde servían varios tipos de café, incluyendo bocadillos preparados con ingredientes orgánicos, o con la intención de que el comestible fuera exótico a la vez que saludable: *sushi*, hojas de parra rellenas de arroz con piñones. Ella le complementa la memoria, hablándole de *Ex-libris* en Regenstein y de esa otra cafetería en el edificio donde se albergan los estudios de Religiones Comparadas. Le recuerda el famoso letrero: *Donde Dios bebe café.*

El profesor muy animado se echa una carcajada y pregunta: «¿Todavía existe?». «Sí», responde Regina; pero esa carcajada la inquieta, no sabe porqué y pregunta: «¿Cómo se llama usted?». «Samuel Bergman», responde él. Muy sorprendida Regina exclama: «¡Creo que lo conozco!» Y agrega entusiasmada: «¿No tiene usted un sombrero color paja?». «¡Sí!», responde Bergman, con una expresión confundida en su rostro, intensificando el esfuerzo por extraer sus recuerdos. Regina hace un recuento del día que lo vio por primera vez en el *campus*, de lo mucho que significó para ella el sentir la protección de su intangible escudo, de aquella vez que lo volvió a ver, cuando exitosamente había expuesto en el examen doctoral, del beso en la frente, del evanescente apretón de manos. Él, perdido en un mar de pensamientos, por fin también cae en la cuenta de haberla conocido. Y mirándose el uno al otro, en ese instante se saben parte de un milagro. Con los ojos llorosos Samuel confiesa lo terrible que es el paso del tiempo, los estragos que ocasiona la vejez, cómo va robándose las habilidades del ser humano.

«No somos inmortales», afirma Bergman. «No lo somos, pero como dijera Cyril Conolly, algo nuestro dejamos, una estela o como dijeran los pitagóricos, nuestra muerte no es nada más que una transformación», replica Regina. Y agrega: «¿Cuál es el significado de este encuentro? Quizá indica que los sitios secretos se encuentran en varios ámbitos, aún en otros que trascienden más allá de los *reales*, como pudieran ser los del *campus*; por otra parte, parece como si una voluntad divina de sabia mano fuera cosiendo con puntadas cuidadosas los destinos de los seres humanos y que aún si para nosotros es imperceptible este proceso, algunas veces alcanzamos un vislumbre de ello. La maravilla de la vida, sus goces más significativos, frecuentemente no ocurren con grandes aspavientos, sino en lo milagroso tenue de las circunstancias. Son sucesos tan evanescentes, cual luciérnagas vistas a través de un tul que suavemente mece el viento al anochecer». El profesor y su más joven colega se saben en un momento filosóficamente valioso por sus revelaciones. «El significado va más allá», dice él mirándola fijamente, como si por medio de un gran esfuerzo mental, lograra levantar, aún si brevemente, el velo que con su fino tejido obstaculiza la precisión y velocidad de la travesía con que se desplazan los recuerdos y las ideas a través de los circuitos neuronales. Y añade: «Este encuentro señala lo significativas que fueron aquellas breves interacciones conmigo en tu desarrollo como candidata doctoral; para mí, apunta a que todavía podía y puedo impartir conocimiento, pero esto es un milagro porque las palabras, como tú lo has dicho, son llaves que abren ciertas puertas, y tú y yo hoy hemos abierto las compuertas de la memoria mutua», dice Bergman. «Así es, hay mucho por entender, que no por no pertenecer al ámbito de lo concreto deja de ser *real*, evidentemente, parte de lo que hoy nos ha sucedido tiene que ver con la *exégesis*, con la vuelta al descubrimiento del conocimiento a través de la tradición oral», afirma pensativamente Regina.

Evidentemente conmovidos Samuel y Regina se quedan en silencio. Cuando vuelven en sí, se dan cuenta de que la sopa está sin tocar. Regina, consciente de que tiene una cita a las 3:00 p.m., delicadamente cierra la libreta que tiene abierta sobre la mesa y con un gesto de la mano llama al mesero para pedir la cuenta. Bergman le propone que como él viene seguido al *Café Snail*, se vuelvan a ver. Ella asienta con un movimiento de cabeza mientras se levanta. Ya para despedirse, le comenta que esa misma mañana ha enviado la versión final de su manuscrito sobre surrealismo que está por publicarle una editorial en Londres. Él le sonríe y se despide agitando su mano en el aire. Así que se encamina hacia la entrada del *Café* y ve su imagen reflejada en un espejo, Regina piensa: ¿Será que quizá de nuevo, él le extiende su manto protector? Él todavía puede impartir conocimiento (cuando con preguntas insistentes persiste, con la complementariedad de la exegesis, la tradición oral, y juntos construyen el edificio de la memoria). Por otra parte, valdría la pena releer a Brecht, aunque quien sabe, con este anhelo por ir a Lisboa y los versos de Pessoa *a mi memoria has de ser suave / recordándote así, a la orilla del río, / pagana y triste y con flores en el regazo*, rondando, rondando.

Sobre la autora:

Olivia Maciel Edelman recibió su doctorado en Literaturas Romances por la Universidad de Chicago. Ha impartido cursos en la Universidad de Chicago, la Universidad de Illinois, Northwestern University, Loyola, Lake Forest College, North Central College y Harold Washington College. Olivia es autora de los poemarios: *Cielo de magnolias, cielo de silencios* (Pandora – Lobo Estepario Ediciones); *Sombra en plata / Shadow in Silver* (Swan Isle Press); *Filigrana encendida / Filigree of Light* (Swan Isle Press); *Luna de cal / Limestone Moon* (Black Swan Press); y *Más salado que dulce / Saltier than Sweet* (March - Abrazo Press). Maciel es editora de la antología *Astillas de luz / Shards of Light* (Tía Chucha Press y Northwestern University Press), traductora al inglés de la novela *A Pesar del oscuro silencio / In Spite of the Dark Silence* por Jorge Volpi (Swan Isle Press), autora de la monografía *Surrealismo en la poesía de Xavier Villaurrutia, Octavio Paz y Luis Cernuda. México (1926-1963)* (The Edwin Mellen Press), y editora del número especial sobre *Vanguardia en Latinomérica. Revista Iberoamericana. Vol. 74 Núm. 224* (2008): 611-829 (Pittsburgh University Press). Maciel recibió el *Primer Premio de Poesía en español* otorgado por Northeastern Illinois University (2014), el *Premio Casa del Poeta*, Nueva York, por *Más Salado que dulce / Saltier than Sweet* (1996), y el *Premio José Martí* presentado por el Cuerpo Consular de Houston y la Universidad de Houston, por ensayo en honor a Sor Juana Inés de la Cruz (1993).

A Olivia le apasionan la lectura, los paseos al aire libre y la música. De vez en cuando pinta, dibuja y toma fotografías. Uno de sus mayores placeres es beber capuchino en compañía de entrañables amigos y compartir perspectivas. Olivia Maciel nació en la Ciudad de México y reside en Chicago.

OTRAS PUBLICACIONES DE
ARS COMMUNIS EDITORIAL

259 saltos, uno inmortal
Alicia Kozameh

El Monstruo Mundo
Azucena Hernández

El exilio voluntario
Claudio Ferrufino Coqueugniot

Féminas
Antología de infidelidades y mentiras escrita por mujeres

La fatalidad de la gallina
Martha Cecilia Rivera

don't cry for me, *América*
Antología de escritores argentinos en Estados Unidos

Incurables, Relatos de males y dolencias
Oswaldo Estrada

Rojo sobre blanco y otros relatos
Fernando Olszanski